中公文庫

私の彼は腐ってる

九 条 菜 月

中央公論新社

目次

私の彼は腐ってる

第一話　迷子の迷子の仔スライム

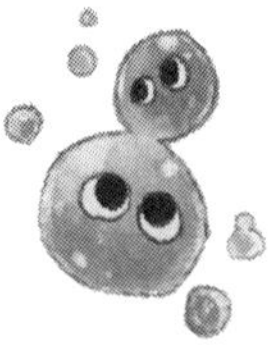

吹き抜けになっている玄関《げんかん》ホールは、朝だというのに薄暗《うすぐら》かった。ざぁざぁと、アスファルトに叩《たた》きつけるように降る雨。いまからこのなかを行かねばならないかと思うと憂鬱《ゆううつ》になる。

長年、愛用してきた長靴《ながぐつ》は、引っ越しの際に処分してしまったので、スニーカーで行くしかない。きっと大学につく頃にはそれもびしょびしょだろう。こんなときに限って、授業は夕方までぎっしりと入っている。

「――おや、もう学校に行かれるんですか？」

心地よいテノールに、藤岡《ふじおか》揚羽《あげは》は玄関扉を開けようとしていた手を途中で止めた。振り返ると、玄関ホールから二階へと続く階段を、三十歳《さい》くらいの男性が降りてくるところだった。

切れ長の目にすっきりとした鼻梁《びりょう》。唇《くちびる》はやや肉感的で、口もとのホクロがなまめかしさを添《そ》えている。少し癖毛《くせげ》の前髪《まえがみ》は、目にかかる長さだが、首筋《くびすじ》が見える程度に刈《か》りあげられた襟足《えりあし》のおかげで、すっきりとした印象を与えている。服装《ふくそう》は真っ白なワイシャツに紺《こん》のズボン。シンプルな格好《かっこう》だが身長が高くスタイルもいいため、思わず唸《うな》ってしまうほどカッコイイ。

「おはようございます、伊織《いおり》さん」

「はい。おはようございます。雨が酷《ひど》いので、送って行きましょうか？」

魅力《みりょく》的な提案《ていあん》だったが、揚羽は反射《はんしゃ》的に「大丈夫です」と断った。そのあとで、断りかたが冷たかったかも、と後悔《こうかい》し、しどろもどろに補足する。

「大学、近いから……。バス停もすぐそこだし。その……行ってきます」

そう言って、揚羽はビニール傘《がさ》を持って玄関をでた。扉を閉めて、溜息《ためいき》を一つ。断るにしても、どうしてあんな言いかたしかできないのだろうと、自己嫌悪《けんお》に陥《おちい》る。しかし、時間を巻き戻すことは不可能だ。後悔の荒波《あらなみ》にさいなまれながら、揚羽はビニール傘をさし、土砂降《どしゃぶ》りのなかを歩きだした。

自宅《じたく》から徒歩《とほ》二分ほどのバス停につくと、タイミングよく尾生鳩《おおばと》大学方面にむかうバスがやってきた。ラッキーだった。早朝のバスはだいたい十五分間隔《かんかく》で運行しているが、この雨のなかでは一分だって苦行だ。

揚羽は私立尾生鳩大学の教育学部児童科に在籍《ざいせき》している。

無事に卒業すれば、幼稚園《ようちえん》教諭《きょうゆ》免許と保育士資格が取得できるコースだ。将来、幼稚園か保育園での就職《しゅうしょく》を希望している揚羽は、短期大学と四年生大学で悩《なや》んだが、両方の資格を取得するのであれば、時間に余裕《よゆう》を持って勉強に専念できたほうがいいだろうと四年生大学を選択した。

列の最後尾に並んでバスに乗り込む。乗客はまばらで、揚羽は未《いま》だに雨水がしたたる傘を気にしながら空《あ》いている席に座った。すると間髪《かんはつ》を容《い》れず、となりに誰《だれ》かが座る気配。

「おっはよー、揚羽」

「えっ、野薔薇《のばら》ちゃん？」

親しげに肩を叩いてきたのは、同じ尾生鳩大学の学生で、中学からのつきあいでもある蒼井《あおい》野薔薇だった。

くっきりとした目鼻立ちに、雨の日にもかかわらずきれいなウエーブがかかったセミロングの髪。化粧《けしょう》はいつもより濃《こ》いめで、真《ま》っ赤《か》なグロスが大人っぽさを引き立てている。身長は百七十センチと高い。男性だったら思わず目で追ってしまうような、存在感のある美人だ。

揚羽と同じ学部に在籍しているが、野薔薇は小学校教諭を目指しているため、選択する科目に違いがあった。

「野薔薇ちゃんは月曜日の一コマ目、入ってなかったよね？」

「そーなんだけどさ、バイト先からヘルプがきちゃって。今日は二コマ目が休講だったから、昼まで寝てたかったのに。ほんと、最悪」

野薔薇のバイト先は、大学の近くにある花屋だ。もともと少数精鋭《せいえい》の店なので、突発的に急ぎの仕事が入ったときなどは、よく連絡《れんらく》がくるらしい。

「それよりも、揚羽。今日もだけど、最近、元気ないよね。愛《いと》しの許嫁《いいなずけ》と同居できるって、あんなに喜んでたのに。なにかあった？」

「うっ、そ、それは……」

周囲に聞こえないよう声を潜《ひそ》める野薔薇に、揚羽は返答に窮《きゅう》した。

〝――許嫁〟

いまのご時世、日本ではなかなか耳にすることのない単語だが、揚羽には祖父《そふ》が決めた許嫁がいる。さきほど、送迎をもうしでてくれた男性がそうだ。

彼の名前は、星野《ほしの》伊織。祖父は旅先で命を救われたらしい。そのお礼に孫《まご》を嫁《とつ》がせようと考える祖父は、いま思えば相当の変わり者だったのだろう。両親が生きていれば反対したかもしれないが、生憎《あいにく》、揚羽の父親と母親は幼《おさな》い頃に亡《な》くなっている。

普通《ふつう》なら、見ず知らずの、それもかなり年の離れた男性を、いきなり許嫁だと言われれば反発してグレそうなものだが、幸か不幸か揚羽はそうはならなかった。小学校六年の春。おまえの許嫁だよと言われて祖父からわたされた写真を見て、ひと目で恋《こい》に落ちてしまったからだ。

そして、去年の高校三年の秋。

祖父の葬儀《そうぎ》ではじめて伊織と顔をあわせた揚羽は、祖父の遺言《ゆいごん》で、後見人としても指名されていた彼に引き取られることになったのだった。

むろん、すぐに同居という運びになったわけではない。しばらく待っていてくださ い、とだけ言い残し伊織は姿を消した。見捨てられたのかとも思ったが、揚羽の口座に毎月びっくりするほどの大金が振り込まれるようになったので、なにかしらの事情があるのだとは察せられた。

たった一人の家族である祖父の死は辛《つら》かったが、間近に控《ひか》えた大学受験に集中することで乗り切れたとも言える。そして、大学に通うようになった年の夏。あと数日で夏休みに入るというとき、伊織は唐突にやってきた。「同居の準備が整いました」と言われ、連れて行かれたさきには、洋館と呼ぶにふさわしい立派な屋敷があった。

あと二、三軒は同じような家が建てられそうなくらい広い西洋風の庭園に、夏のあいだは好きに遊んでいいと言われたプール。物心ついてからいままで年代物の平屋に住んでいた揚羽は、リゾート地の豪邸《ごうてい》のような光景に唖然とした。

どうやら音信不通だったあいだ伊織は、日本で住む土地と物件を探していたらしい。そこで揚羽ははじめて、伊織が海外で暮らしていたことを知らされたのである。祖父からは遠いところにいるから会えないと言われていたが、まさか外国だとは思ってもみなかった。そういうことは教えてよおじいちゃん、と亡き祖父に文句を言いたいくらいだった。

自分のためだけにわざわざ引っ越してきてくれたのかと思うと、もうしわけなさでいっぱいになった。まさか仕事も辞《や》めてしまったのかと慌《あわ》てたが、フリーランスのようなものであり、フィンランドで暮らしていたのも、暮らしやすい気候《きこう》だったからという以外にさほどの理由はなかったそうだ。また、彼は揚羽が大学に通える範囲で土地を探してくれていたようで、それも時間がかかってしまった原因の一つらしい。

「もしかして、すごく嫌な奴《やつ》だったとか？」

「むしろ逆。私にはもったいないくらい、いい人だったよ」

「じゃあ、なにがダメなのよ」

「なんと言えばいいか……」

ずっと想い続けていた許嫁と一つ屋根の下で暮らすのだ。まるで少女漫画《まんが》のような展開に、揚羽も最初は胸をときめかせていた。

しかし、である。

夏休み初日に引っ越して以来、もう三ヶ月近くなるが、伊織とは会話らしい会話をまったく交わしていなかった。

「避けられてるっぽい。ご飯《はん》も別々だし、挨拶《あいさつ》くらいはするけど、仕事があるからってすぐどっかに行っちゃうんだよね」

「わざわざ外国から引っ越して来たのに？」

「でも、そうとしか思えないよ」

今朝《けさ》だって、顔をあわせたのは二日ぶりだった。びっくりして送迎のもうしでを断ってしまったが、いま思えば惜《お》しいことをした。車内で色々なことを話すチャンスだったのに。

「……想像と違って幻滅《げんめつ》しちゃったのかな」

つぶやいてから自己嫌悪に陥った。しかし、それ以外に避けられる心当たりがない。

揚羽はバスの窓ガラスにうっすらと映る自分の顔を見つめた。くりっとした目は密《ひそ》かな自慢だが、あとは高くもない鼻と平たい唇。トータルで見れば可もなく不可もなし、と言ったところか。髪型はショートカットで、メイクは薄め。服装もグレイのパーカにネイビーのハーフパンツといったシンプルなものだ。そこに膝丈《ひざたけ》の黒いソックスと赤いスニーカーをあわせている。

そこまでだったら、ボーイッシュ系の女子大生と言えるだろうが、揚羽は身長が低かった。高校時代、やっと百五十センチを越え、ここからぐんぐんのびるはずだと期待したのだが、身長はそこでピタリと止まってしまった。どれほど牛乳《ぎゅうにゅう》を飲んでも、どれほどはやく就寝《しゅうしん》しても、身長は一ミリとものびてはくれなかった。

さらにトドメを刺《さ》すかのような肉づきの薄い体もあいまって、初対面の相手からは必ず中学生、よくても高校一年生よりうえに見られたことはなかった。大学の入学式でも、ここは中学校じゃないよと警備員《けいびいん》に止められてしまったほどだ。

野薔薇のように魅力的な女性だったら、伊織の態度も違っていたのかもしれない。いや、見た目で態度を変えるような男もどうかと思うが、それでも許嫁が中学生にしか見えなかったら戸惑《とまど》うのも当然だろう。

「そんな男、止《や》めちゃいなよ。そもそも年が離れすぎてるのも気になってたのよね」

年の差があると言っても、伊織に年齢《ねんれい》を訊《き》いたことがないので、実際どれくらい離れているのかはわからない。六年生のときに見た写真では、二十代後半くらいだったように思う。あれから七年。単純に計算すれば三十代半ばということになる。見た目は三十歳くらいなのだが。

「そうだよね。こんなちんちくりんを相手にしなくったって、女の人はよりどりみどりなわけだし……」

ルックスもよく、一戸建ての庭つき洋館をお買いあげできるような財力を持ちあわせた人物だ。それで三十代独身ともなれば、引く手あまただろう。考えれば考えるほど、なぜ彼が自分の許嫁なのかわからなくなってくる。

どんどん深みに嵌《は》まっていきそうだったが、揚羽は「よし！」と周囲の迷惑にならない程度の声をあげ、終止符《しゅうしふ》を打った。

「きちんと話しあおう」

「もう立ち直ったの？　あいかわらず切り替えがはやいわね」

あきれたような野薔薇の声に、揚羽は肩をすくめながら「だって、うじうじ悩むだけむだじゃん」と返す。

「そりゃ、伊織さんは私の初恋だしいまも好きだけど、相手がそうじゃないなら、いつまでもこのままでいるわけにもいかないでしょ」

許嫁と言っても、祖父が言いだしたもので法的な効力があるわけではない。伊織から白紙に戻したいと言われても、揚羽に拒否権《きょひけん》はなかった。それに伊織も許嫁としてではなく、祖父との約束があるから、後見人として大学卒業までは面倒をみるというスタンスなのかもしれない。

「ハァ。心配して損《そん》した……」

「ありがとう、野薔薇ちゃん。もし失恋《しつれん》しちゃったら、また話を聞いてね。っていうか、もうほぼ失恋確定なんだけど」

「オーケー。お酒はまだ飲めないけど、お姉さんがジュースをお供に朝まで話を聞いてあげるわ」

心強い言葉に励《はげ》まされ、揚羽は決意を固めた。昔からウジウジ悩むのが苦手なタイプで、考えるよりもまず行動という揚羽である。今回はそれでも悩んだほうだが、やはりでた結論は当たって砕《くだ》けろ、の一択《いったく》だった。

しばらくしてバスは大学前の停留所に停《と》まる。星野家から大学までバスで十五分。以前は、電車とバスを乗り継ぎ、一時間かけて通っていたことを思えば天国だった。それも伊織がわざわざ、揚羽が通う大学の近くに土地を探してくれたおかげである。嫌われているのなら、ここまではしてもらえないだろう。

——ちょっとでも好かれているなら、それでいいかな。

失恋はしかたない。十二歳の頃からずっと想い続けてきたので、すぐにこの恋心を捨てることはできないが、心のなかで想うのは自由だ。

揚羽は親友に別れを告げ、バスを降りた。

傘を差して、校門へとむかう学生たちの群れに交じる。今日は午後までびっしり講義が詰まっていた。帰宅《きたく》したらすぐにでも伊織と話しあおう。

さすがに許嫁の肩書きがはずれたらいつまでも居候《いそうろう》できないので、一人暮らしに戻ることになるだろう。幸い、祖父と暮らしていた自宅はそのまま残してあるが、そこで暮らすには、税金を払う必要がある。いまからバイトをはじめるにしても、まとまったお金が入るまでは居候させてほしい——それを含《ふく》めての話しあいである。

「……本当に結婚できるとは思ってなかったけどさ」

つぶやいた言葉は雨音にかき消され、誰の耳にも届くことはなかった。祖父が相手の気持ちを確かめないまま決めた可能性も考えられたのだ。祖父の葬式で許嫁が実在したと知ったときは、本当だったのかと驚いたほどだ。

祖父が亡くなり、これから一人で生きていかなければならないと覚悟していた揚羽にとって、伊織の存在は救いでもあった。一緒に暮らしましょう、と言われたとき、どれほどほっとしたことか。

でも、だからっていつまでも保留のままにしてはおけない。否定されたら、されたときだ。

——大丈夫。失恋したくらいで死にはしないし。今年いっぱいくらいなら、居候だって認めてもらえるはず。

ポジティブにいこう、ポジティブに。野薔薇が聞いたら、それってポジティブなの？　と首を捻《ひね》りそうなことをつぶやきながら、揚羽は予鈴《よれい》が鳴り響《ひび》く校内に急いだのだった。

思い立ったら吉日。

さっそく伊織と話しあおうと意気込んだ揚羽だったが、残念なことにその決意は空振りに終わってしまった。

「もうしわけございませんが、旦那《だんな》様は仕事のため何時に戻られるかわかりません」

そう言って、慇懃《いんぎん》な態度で頭をさげるのは、執事《しつじ》のリチャードだった。名前からわかるように、彼は日本人ではない。年齢は六十歳くらいだろうか。百八十センチはあるかという長身に、モデルのようにすらりとのびた手足。見事な白髪《しらが》をオールバックにし、少し色の入った銀縁《ぎんぶち》の眼鏡《めがね》をかけている。どこの国の出身かは聞いていないが、西洋人らしい彫《ほ》りの深い端整《たんせい》な顔立ちや雪のように白い肌から、揚羽は勝手に北欧《ほくおう》やロシアのような寒い国の生まれではないかと思っていた。

きっちりとした黒のスーツに身を包んだリチャードは、「旦那様になにかご用でしょうか？」と抑揚《よくよう》のない声音《こわね》で告げてきた。その威圧《いあつ》感に気圧《けお》されつつも、揚羽は口元を引き締めて頷《うなず》いた。

「はい。お話ししたいことがあって。お時間を割いていただけるとうれしいですと伝えてください」

「承知いたしました」

お願いします、と言って揚羽は階段をのぼる。

二階はシンプルな構造で、階段をのぼって真っ直ぐにのびる廊下《ろうか》の左側に三部屋、そして、つきあたりに伊織が使っている部屋の全四室があった。廊下の右側には浴室とトイレが併設《へいせつ》されているため、わざわざ一階におりる必要がないのはありがたい。リチャードら使用人たちは、本館と渡り廊下で繋《つな》がっている別館の二階を使用人用の部屋として使っているらしい。一階には彼ら専用の簡易キッチンや、浴室、トイレが設置《せっち》されているのだそうだ。

揚羽の部屋は一番手前の、日当たりのよい一角にあった。

扉を開け、揚羽は「可愛《かわい》いんだけど、慣れない……」とつぶやく。眼前には未だに見慣れることのない光景が広がっていた。

クイーンサイズの天蓋《てんがい》つきベッドに、ロココ調の真っ白な家具。広々とした室内には、余裕で寝そべることができる猫脚《ねこあし》のソファーと、ガラス製のテーブルまで置いてある。さらに、二階の南側という日当たりのいい場所で、窓を開ければテラスにでることもできた。

自分の部屋にもかかわらず、未だに「お邪魔《じゃま》します」と言って入りたくなってしまうほどである。揚羽はそこでスリッパに履《は》き替えた。屋敷内は土足が基本だが、スリッパ、もしくは畳《たたみ》に素足《すあし》ですごしてきた揚羽にとって、その習慣は受け入れがたかった。しかし、いままでそれが基本だった伊織たちにいきなり館内を土足厳禁《げんきん》にしてほしいとお願いするのもはばかられる。

ならばせめて自室だけでも、と揚羽は伊織にわけを話して、自分の部屋のみ靴はスリッパに履き替えるということにしてもらったのだった。

鞄《かばん》をほかの家具と揃《そろ》いのアンティーク調の勉強机に置いて、教科書を取りだす。今日、だされたレポートは二つ。期限はまださきだが、いまのうちに手をつけておいたほうが賢明《けんめい》だろう。

「このレポートってのが、苦手なんだよね……」

単位を取得するためには必須《ひっす》とはいえ、ここまで毎日のようにレポートをだされるとげんなりする。

それでも、保育士になるためだ、と揚羽は自分に言い聞かせた。

揚羽は物心がつくまえに両親を亡くし、父方の祖父に引き取られた。しかし、孫とはいえ、ろくに言葉の話せない幼子を男手一つで育てるのは困難《こんなん》を極めた。なにを食べさせればいいのか、またなにが食べられないのか、ネットでの検索《けんさく》などがメジャーではなかった時代。途方に暮れた祖父を救ったのは、揚羽が通っていた保育園の保育士たちだった。

揚羽の事情を知ると、子育ての基礎《きそ》的なことを一覧表にしてくれたり、祖父の相談にもよく対応してくれたという。もし彼女らの協力がなければ、揚羽は施設に預けられていたかもしれない。ほかならぬ祖父自身がそう言っていたのだ。愛情がなかったわけではなく、ただ、子育てを亡き妻に任せっきりにしていた祖父は、幼子を育てるという経験が皆無だった。

　その話を聞いて育った揚羽が、いつしか保育士になりたいと思うようになったのは、必然だったのかもしれない。もともと子供が好きだったこともあり、揚羽は中学、高校と、わたされた進路表に迷うことなく〝保育士〟と書いた。

　むろん、それがどれだけ大変な職業かは理解している。人様の子供を預かるのだ。責任は重大で、肉体的にも精神的にもタフでなければ務まらないだろう。それでも、やはり保育士になりたいと思うのだ。

「よし、やりますか」

　気分を切り替えるために、わざと明るい声をだす。同じ学部の先輩曰《せんぱいいわ》く、入学してから一、二年は毎日がレポート地獄《じごく》らしい。他の授業などおかまいなしに、毎日、様々な課題がだされるそうだ。安いやつでいいから、パソコン買ったほうが楽だよ、とは最初の一年間を手書きで乗り切った先輩からのアドバイスである。幸い、祖父が使っていた古いパソコンがまだ起動できる状態だったので、出費はプリンターのみ。今後、また一人暮らしに戻る可能性を考えると、節約は大事だ。

「お嬢《じょう》様。お飲み物をお持ちいたしました」

「ぎゃあ！」

思わず野太い悲鳴をあげた揚羽は、慌てて振り返った。そこに立っていたのは、リチャードの娘《むすめ》、ディアナである。簡素に結いあげられた銀髪はシルクのように艶《つや》やかで、瞳《ひとみ》は父親と同じ美しいエメラルドグリーンだ。肌は化粧の必要もないくらい白く、唇だけが紅《べに》をつけたように赤い。年齢は揚羽の一つ下だと聞いている。身長も百六十センチ以上はあるだろう。アンティークドールの雰囲気《ふんいき》を漂わせる美少女だ。

裾《すそ》の長い黒のワンピースに真っ白なエプロンをつけたディアナは、リチャードと同じように伊織がフィンランドで暮らしているときからメイドとして働いていたらしい。執事にメイドがいる屋敷って、と揚羽はいまさらながらに遠い目になった。

「驚《おどろ》かせてしまい、もうしわけありませんでした」

「いいの。こっちも気づかなくてごめんね」

未だにうるさい心臓《しんぞう》をなだめ、揚羽はむりに笑顔を浮かべた。それにディアナは眉《まゆ》一つ動かさず、手慣れた動作でカップをセッティングしていく。あきらかに高級とわかるカップに琥珀《こはく》色の紅茶《こうちゃ》が注がれる。

「本日の茶葉《ちゃば》は、ダージリンのファーストフラッシュです」

その説明にも、揚羽は戦隊モノの必殺技《ひっさつわざ》のような名前だな、という感想しか抱けない。祖父と暮らしていたときは、もらい物の緑茶かインスタントコーヒーが常備飲料だった。

「いただきます」

味のよしあしはわからないが、この紅茶の清涼感《せいりょう》のある香《かお》りは好きだ。ディアナは椅子《いす》に座って紅茶を飲みはじめた揚羽をしばらく凝視《ぎょうし》して、一礼して部屋を去って行った。なんとも言えない緊張感《きんちょう》から解放された揚羽は、カップをソーサーに戻して肩の力を抜いた。

「き、緊張した……」

年齢が近いので彼女とはもっと仲良くなりたいのだが、話しかけても事務的な返事以外に返ってくるものはなく、いつも用事が終わると音もなく立ち去っていくのが常である。それにあのこちらを値踏《ねぶ》みするような眼差《まなざ》しが、揚羽は苦手だった。

「はあ、紅茶おいしい……」

それに、カップに添えられるように置かれたメレンゲを焼いたサクサクのお菓子《かし》も。黙《だま》っていても飲み物がでてくるような生活に慣れてしまったら、今後が大変そうだ。贅沢《ぜいたく》に慣れるまえに、伊織とはきちんと話しあっておかなくては。

――しかし、悲しいことに揚羽の決意はまたも脆《もろ》く崩《くず》れ去ることになる。


決意を表明するために、伊織に会いたいとリチャードに頼んでから数日後の土曜日。

大学が休みのこの日、揚羽は自室で朝から頭を抱えていた。

「なんで、ずっと伊織さんに会えないのよー！」

そもそも顔をあわせる回数自体少なかったが、ここまで会わないのもはじめてのことだ。二、三日は仕事が忙《いそが》しいのだろうと思っていたが、それが、五日、六日とすぎるにつれ、さすがの揚羽もおかしいと考えるようになった。そして、リチャードに訊《たず》ねたのだが、返ってきた言葉は、『旦那様はいま、お忙しいようで……』というなんとも煮《に》え切らないものだった。

十分程度で終わる話なので、と言っても、伊織は一向に姿を見せようとはしない。深夜になってもいいからとお願いしても、『深夜にレディの部屋に立ち入ることはできないとおっしゃっています』と言われる始末。もしや、病気か怪我《けが》では、と思ったが、そうではないらしい。『旦那様は生まれてこのかた、病気になったことも動けないほどの怪我をなさったこともございません』とリチャードに否定されてしまった。

伊織の携帯《けいたい》電話にかけても繋がらないし、折《お》り返《かえ》しの連絡がくることもなかった。メールも同様だ。せめてラインに登録してあれば、既読《きどく》かどうかくらいわかるのだが。

ふわふわのベッドに横たわった揚羽は、伊織に会うための妙案が思いつかず、動物のように唸った。会いたいと言っただけなのに、なぜここまで拒絶されなければならないのか。考えられることは——。

「やっぱり、嫌われてたとか？」

好意を寄せている相手に嫌われるのは辛いことだ。しかし、もし本当に揚羽のことを快く思っていないのならば、早々に話をしてここからでて行く算段をつけなければならない。

「そのためには伊織さんに会わなきゃなんだけど……」

伊織の仕事は、どこにいてもできるフリーランスのようなものだと聞かされていた。

自宅で仕事をしていると聞いていたので、パソコン関係、もしくは翻訳家《ほんやくか》のような仕事なのかもしれない。具体的なことを聞いておけばよかったと後悔してもあとの祭りである。

「うーん。部屋をかたっぱしから確認していけば、伊織さんに会えるかな」

リチャードやディアナに咎《とが》められればそれまでだが、そのときは屋敷内を散歩していたと誤魔化《ごまか》せばいい。「よし」と気合いを入れて、揚羽は勢いよくベッドから起きあがった。

「一階にそれらしい部屋はなかったよね」

スリッパから靴に履き替えて部屋をでる。一階には十人が一緒に食事を取れるくらい広いダイニングルームと、厨房《ちゅうぼう》、それにリビングルームと応接室、図書室がある。トイレとバスルーム、洗面所、それに物置などは一階と二階のどちらにも設置してあるが、そこは捜索《そうさく》の対象からはずしてもいいだろう。

となると、怪しいのは二階だ。揚羽は誰もいない廊下を見回した。

「……あいかわらず、暗い」

電気はついているが、窓という窓が遮光《しゃこう》用のカーテンで覆《おお》われているため、まだ昼間だというのに夜のような薄暗さだった。リチャードとディアナが日光アレルギーのため、できるだけカーテンは閉め切っているらしい。夏場は熱気がこもりそうだが、各部屋だけでなく廊下にいたるまで空調設備が完備されているため、むしろ涼《すず》しいを通り越して寒いくらいだった。

廊下の突きあたりにある部屋は、伊織の寝室《しんしつ》だと聞いている。とすれば、仕事部屋は残りの二部屋のどちらかだろう。

揚羽は扉をノックし、なかを確認した。室内はベッドとテーブル、ソファーといった一通りの家具が置かれたゲストルームのような内装になっている。一方、伊織の寝室には、しっかり鍵《かぎ》がかけられていた。まだ眠っている可能性を考慮《こうりょ》し、試《ため》しにノックしてみたが返答はなかった。

「おかしいな。自宅で仕事をしてるって聞いてたんだけど……」

今日はたまたま外出したのだろうか。そう思って念のために外にある車庫を確認するが、二台あるうちのどちらも駐車《ちゅうしゃ》したままだった。

一階に戻り、厨房やダイニング、リビングなども見て回る。今日は珍《めずら》しく、リチャードとディアナの姿も見当たらない。

「いや、でも、日中に二人の姿を見たことはなかったような……」

いつも朝起きてダイニングにむかうと、そこにはタイミングを見計らったかのように温かな朝食が一人分、置かれていた。休日の昼食も同様で、やはりダイニングテーブルにぽつんと一人分の食事が準備されているのである。

リチャードとディアナが姿を見せるのは、なぜかいつも午後四時以降と決まっていた。

「ディアナちゃんに、それとなく訊こうと思ってたんだけどなぁ」

まったく隙《すき》を見せないリチャードはむりでも、ディアナなら伊織に繋がる手がかりを得られるのではと思ったのだが、とうの本人に会えないのではしかたない。使用人部屋を訪ねることもできるが、それは最終手段だ。

ダイニングに移動し、コーヒーでも淹《い》れようかと思ったときである。

厨房のそのまた奥《おく》にあるドアのむこうから、ガタン、ゴトン、となにか物がぶつかるような音が響いてきた。

「誰かいるのかな？」

伊織から紹介された使用人は、リチャードとディアナの二人だけである。もしかして、伊織かも、と思った揚羽は、音を立てないようそろりそろりとドアに近づいた。

するとやはり、ガタン、ゴトン、と音がする。

確かこのさきは、貯蔵室になっていたはずだ。恐る恐るドアノブを回すと、鍵はかけられていなかった。

「伊織さん？」

ドアを開けると、そのさきは薄暗かった。館内よりもひんやりとした空気が頬《ほお》に触《ふ》れる。電気のスイッチを入れると、パッと室内に明かりが広がった。

広さはだいたい六畳ほどだろうか。貯蔵室ということもあって、窓は一つもない。天井《てんじょう》まであるステンレス製の棚《たな》には様々な調味料のストックがずらりと並べられ、他にも業務用の冷凍庫《れいとうこ》や米や小麦粉用の棚も置かれていた。

しかし、ここにも伊織はいないようだ。

「でも、変な音はしてたよね……まさか、ネズミ？」

いくら綺麗《きれい》にしていても、たった二人だけで管理するにはこの屋敷は広すぎだ。ネズミが住み着いていてもおかしくはないだろう。揚羽が祖父と暮らしていた家にもよくネズミがでて、野菜や米を囓《かじ》られたことがあった。それも近所の人が猫を飼いはじめてからは、ぱたりと姿を見せなくなったが。

「どうか、ゴキブリではありませんように」

リチャードに報告するにしても、音の正体を確認しなければならない。ネズミも嫌だがゴキブリはもっと嫌だ。

揚羽が躊躇《ためら》っているあいだにも、ゴトン、ガタンと正体不明の音は鳴り響いている。なにか武器になるようなものを、と周囲を見回して目についたのは麺棒《めんぼう》だった。それを両手で野球のバットのように握りしめ、揚羽は冷凍庫の陰《かげ》になっている部分を覗《のぞ》き込《こ》む。

「え？」

そこにいたのはネズミでもゴキブリでもなく、緑がかった透明《とうめい》な球体だった。大きさはバスケットボール程度だろうか。その球体の一部から、木の枝がのびていた。どうやらそれが壁《かべ》にぶつかっていたらしい。

球体の表面が波打つようにうねって、必死に木の枝を壁に叩きつけているように見える。

「えっ、えっ、ちょっと、なにこれ」

「そこのお嬢ちゃん」

「しゃ、しゃべった！」

「これっ、これをなんとかしてくれ！」

球体なのに、めちゃくちゃ甘《あま》いハスキーボイスだった。そのギャップに驚いていた揚羽だったが、ハッとして現実に戻る。これ、というのは体からのびている木の枝のことだろう。

「あなた何者？」

「ただのスライムだ」

「スライムって、ゲームに登場するモンスターみたいなやつ？」

「知らねえよ。日本じゃ俺《おれ》みたいなのは珍しいかもしれないが、海外には掃《は》いて捨てるほどいるぜ。それよりも、助けてくれ！」

スライムは苦しいのか、ゼリー状の体を震《ふる》わせ身もだえている。揚羽は恐る恐る木の枝に手をのばし、両手で握りしめた。

「ひっ、引っ張ればいい？」

「優しくだぞ、優しく。俺は内側からの衝撃《しょうげき》には弱いんだ」

「優しくって言われても……」

試しに木の枝をつかんで軽く引っ張ってみる――と、本体も宙づりになってついてきてしまった。これでは引っこ抜けない、と揚羽は、右手にスライム、左手に木の枝を持って左右に引っ張る。本体がモチのようにのびた。

「優しーく！　優しーく！　あっ、ちぎれる！」

「ごめんなさい！　でも、なんか引っかかってるみたいで。手、入れてみてもいい？」

「えっ、お嬢ちゃんの手を俺のなかに？」

急に体を赤く染めたスライムに、揚羽は真顔で告げた。

「やっぱ止めた」

「すみません、お願いします！　すごく苦しいんです！」

「じゃあ、続けるけど、手を入れたら溶《と》けたりしない？」

「ちょっとくらいじゃ溶けないから大丈夫だ。たぶん」

「たぶんてなによ、たぶんて。手袋……は、ないし。しかたないか」

見捨てることもできたが、さすがに言葉がしゃべれて意思疎通《そつう》ができる相手をこのままにはしておけない。揚羽は意を決して、木の枝に沿うように球体のなかに手を差し込む。とても柔らかいコンニャクに手を入れているような感覚だ。

「……手が見えなくなったんですけど」

球体の中心部に差し込んだ手が、手首部分からきれいに消失した。感覚はあるので本当に消えたわけではないのだろうが、見た目的にはかなり心臓に悪い。溶けないとは言われたが、かなり不安だ。

「ねえ、これってどうなってるの？」

「俺の体の原理はどうでもいいから、はやくしてくれっ！」

「しかたないなぁ」

力任せにずるっと引っ張りだした木の枝には、釣糸《つりいと》のようなものが絡《から》まっていた。それがスライムのなかに続いている。揚羽はもう一度、手を入れて絡まっている糸をたぐり寄せた。ぐぐっ、と肘《ひじ》の部分まで球体に埋《う》め込んだところで、ふと手を止める。

「まさか、私を食べたりしないよね？」

「生きた人間を食べたことはないから安心してくれ」

「それなら……ん？」

死んだ人間なら食べたことがあるような口振りだが、追及するのも怖《こわ》いので、揚羽は黙々《もくもく》と糸を巻き取った。そのさきにあったのは、浮きつきの投網《とあみ》である。しかし、まださきが見えない。磯臭《いそくさ》いそれに顔を顰《しか》めつつ、揚羽はなおも力を込めて引っ張った。

「あ、またなんか引っかかってる。もう、イライラするなぁ」

「なんか雑になってるぞお嬢ちゃん！」

「はいはい。奥に大きな杭《くい》っぽいのあるから、動かないでじっとしてて」

「ひいっ、体内から切り裂《さ》かれるぅ！」

「裂かないから！」

しかし、内部でなにかに引っかかっているのか、力を加えてもいっこうに取れる気配がない。球体は体を青色に変色させながら、器用にブルブルと体を震わせている。

力を入れ続けているせいで、じょじょに握力《あくりょく》もなくなってきた。そのとき、ふわりと爽《さわ》やかな香りが漂《ただよ》う。

「――落ち着いてください、揚羽さん」

耳元で伊織の声がした。背後から抱きかかえるような格好に、一瞬、揚羽の思考は停止する。

パッと振り向くと、思っていたよりも至近距離に顔があった。黒曜石《こくようせき》のような瞳に、自分の驚いた顔が映る。具合がよくないのか、いつもより顔色が悪く、頬にかかる息もひんやりと冷たい。少し癖のある黒髪が、揚羽の頬をくすぐった。

捜していた伊織だ。やはり仕事中だったようで、白いシャツと黒いズボンに真っ白な白衣を羽織《はお》っていた。なぜここに、と思うよりもさきに、白い手袋をはめた伊織の手が、揚羽の腕に添えられる。

「スライムは外側からは見えませんが、中心部に巨大《きょだい》な袋を持っているんです。その縁《ふち》になにかが引っかかっているんでしょう。一旦《いったん》、その杭のようなものを奥まで戻してください。刺さったりしませんから――できましたか？」

「う、うん」

「では、弛緩剤《しかんざい》を打ちますね」

伊織は無駄のない動作で、スライムに白衣の内側から取りだした注射器を刺した。

「アッ」と、短い悲鳴をあげたスライムは、次の瞬間、液体のようにのびてしまう。

「では、力一杯引いてみてください」

なにかをつかんでいる右手を渾身《こんしん》の力で引っ張る。すると、ずるずるずる、と引っかかっていた物が飛びだしてきた。

大きな釣り用の針の先に引っかかっていたのは、ビニール傘である。どうやら、折れた骨組み部分が邪魔をしていたようだ。それを見た伊織があきれたような溜息をついた。

「また拾い食いですか」

「なんか水溜《みずた》まりみたいになってるけど、大丈夫？」

「ええ。ただの食あたりですよ。消化しきれなくて吐《は》きだそうとしていたみたいですが、食べた物が引っかかってなかなか吐きだせなかったのでしょう」

「そっか。よかった……じゃない！　伊織さん。これ、なに！」

これ、と言って揚羽は床で液体状になってしまった緑色のスライムを指差す。それに伊織はにっこりと微笑《ほほえ》んだ。

「それよりも、揚羽さん。怪我はありませんでしたか？」

手を握られ、思わずドキッとする。「いや、怪我はないけど……」と言いかけて揚羽はハッと我に返った。

「じゃなくて、これっ。このスライム！」

「スライムですね」

「いや、そうじゃなくて。この生き物について知ってるんだよね？」

「ええと、それは……」

「教えて。ほかにも、いるんでしょう？　妖怪《ようかい》とか、モンスターって呼ばれる生き物が。お祖父《じい》ちゃんが言ってたような存在が」

民俗学――そのなかでも、祖父が研究対象にしていたのが、民間伝承に残る妖怪や物《もの》の怪《け》だった。

祖父が言っていた。

大昔には、そういった者たちがいまよりもずっと人間の近くにいたのだ、と。

『――いまも彼らは生きていて、人間に見つからないよう息を潜めてひっそりと生きている。だから、揚羽もこのことを誰にも言ってはいけないよ。じいちゃんとの約束だ。いいね？』

だったら、なぜ彼らのことを調べているのか。そう訊ねると、祖父はとても悲しい顔をした。

『彼らはいつか本当に滅んでしまうかもしれない。それは自然の摂理《せつり》のようなもので、どうしようもないだろう。絶滅危惧種《ぜつめつきぐしゅ》のように人が手を差しのべて個体数を増やすことを、彼らはよしとはしないからね。だからせめて、私は記録する。彼らが生きていたという痕跡《こんせき》を』

祖父は、彼らとまるで知りあいであるかのように語った。とても懐《なつ》かしそうな顔で。けれど、いくら人生のすべてを費やしても記録しなければならないことは膨大《ぼうだい》で。晩年、揚羽が一人で留守番できるようになると、祖父はなにかに急《せ》かされるように日本各地を旅して回っていた。

本当に祖父がいうような生き物たちがいるのか。

ＵＦＯがいると主張する人たちのように、祖父もまた未知の存在に憧《あこが》れ、その生存を信じているだけではないのかと思ったことさえあった。なぜなら、揚羽は一度も、祖父が語るような生き物に会ったことがなかったから。

そして、世間でもやはり、彼らのような存在は空想上のものだと思われていた。人間が作りだした、架空《かくう》の生き物なのだと。

でも、もしも祖父の言っていたことが本当だったのなら――。

「教えて、伊織さん。ほかにもいるの？　妖怪とか、モンスターとか、空想だと思われている生き物たちが」

白衣の裾をつかんで伊織を見あげれば、観念したかのように溜息が降ってきた。

「……はい」

「やっぱり、いるんだ。お祖父ちゃんが言ってたことは、本当だったんだ」

「怖くはないんですか？」

「ぜんぜん」

彼らのことを語る祖父の顔は、とても楽しそうだった。怯《おび》える必要が、どこにあるのだろう。

「すごい。すごいよ伊織さん――って、どうしてそんなに驚いてるの？」

揚羽の反応がそんなに意外だったのだろうか。いつも穏《おだ》やかに微笑んでいる印象のある伊織だったが、いまは切れ長の目を大きく見開き唖然《あぜん》とした表情を浮かべていた。

「その……。そんな反応は、まったく予想していませんでした。普通はもっと怖がって、拒絶するものだとばかり……」

揚羽から目をそらした伊織は、切れ切れにそう告げた。

「そりゃ、いきなり襲《おそ》われたらさすがに怖かったと思うよ。ほかの妖怪とか、モンスターだって実際に会ってみないと、どう思うかなんてわかんないし。あ、でも、幽霊《ゆうれい》は怖いかも。まさか幽霊なんていないよね？」

「私も幽霊と会ったことはありませんが、いないと断言《だんげん》できる根拠はありませんからね。いないかもしれませんし、いるかもしれません」

「それもそうか……」

妖怪やモンスターがいるのだ。幽霊だっていてもおかしくはないだろう。そこでふと、揚羽は重要なことに気づいた。

「伊織さんは、どこでそういうことを知ったの？　お祖父ちゃんもそうだけど、もしかしてスライム以外の生き物にも、何度か会ったことがあるとか？」

「そうですね。職業柄、そういう方々と接することが多いもので」

「やっぱり。でも、職業柄って、伊織さんは――」

なんの仕事をしているのか、と訊ねようとしたところで、視界に黒い影《かげ》が映り込んだ。

「お話の最中にもうしわけありません。場を移してお話しになられたほうが、よろしいのではないでしょうか」

「リチャードか。君、よく起きられたね」

「この時間でしたら、辛《かろ》うじて。さすがに娘は眠っておりますが」

リチャードは、床で液体状になっているスライムを一瞥《いちべつ》すると、厨房からブランケットを持ってきて体にかけた。

「ここはお寒いので、よろしければどうぞ。ブランケットは食べないでくださいね」

すると返事をするように、液体状となっている表面が波打つ。驚いた様子がないため、リチャードもまた、彼らについて知っているのだろう。というか、スライムに寒暖を感じる器官は備わっているのか。

　リビングルームに移動した揚羽は、三人がけのソファーに座る。もう何畳あるか考えるのが面倒になってくるくらい広いリビングルームには、ガラス製のローテーブルや巨大な液晶《えきしょう》テレビのほかに、年代を感じさせるような大理石の暖炉《だんろ》と、目にも眩《まぶ》しいシャンデリアが存在感を放っている。壁際に飾《かざ》られた絵画は抽象《ちゅうしょう》的すぎて、揚羽には赤いタコが踊《おど》っているようにしか見えなかった。

　足もとのベージュ色の絨毯《じゅうたん》はふわふわで、そこを外靴のまま歩くことには未だに抵抗感を覚えてしまう。せめてスリッパに替えたい。

「スライムさんはあのままでいいんですか？」

　一人がけのソファーチェアに座った伊織に、揚羽は置き去りにしてしまったスライムのことを訊ねた。

「移動させたいところですが、液体状ですからね。持ちあげられないので、しかたありません。それにあそこは彼の住《す》み処《か》のようなものですから」

「貯蔵庫が？」

「暗がりで適度に湿気があるため、心地よいそうです。私も一部屋用意しようと思ったのですが、居心地が悪いと断られてしまいまして」

「じゃあ、あのスライムさんはここに住んでいるんですか」

「ええ。私の仕事で、廃棄《はいき》の難しいものなどを消化してもらっています。名前は松次《まつじ》郎《ろう》。ここに越してきてから雇用《こよう》した方です」

「……次郎ということは、うえに兄が？」

色々と気になったが、もっとも気になったのが名前だった。松次郎。渋《しぶ》すぎる。

「どうでしょう。娘さんがいるのは知っていますが、具体的な家族構成は訊いたことはありませんね」

「娘」

「これくらいの可愛らしいスライムですよ」

そう言って伊織は両手で丸を作った。父親よりもだいぶ小さいらしい。

「スライムは雌雄同体《しゆうどうたい》なので、厳密には〝娘さん〟と言うべきではないのかもしれませんが、ピンク色なので、どうしても女の子に思えてしまうんです」

「ということは、松次郎さんも……」

「彼は反対に男らしい口調なので、どうしても男性に思えてしまいますね」

それはわかる、と揚羽は頷いた。

そんな話をしていると、トレイを持ったリチャードがリビングルームに入ってきた。香りからするにコーヒーのようだ。揚羽の好みを把握《はあく》してくれているようで、目のまえに置かれたカップにはミルクが注がれ、カフェオレができあがっていた。ちなみに砂糖はなし。

　伊織のまえにコーヒーカップを置き、リチャードは一礼してソファーチェアの壁際に待機する。

「さて、さきほどの話の続きをしましょう。私は揚羽さんが言っていたような、妖怪やモンスターを専門とする医者です」

「医者って、伊織さんが？」

「はい。彼らも人間と同じように、病気になったり怪我をしたりしますから」

　予想もしていなかった職業に、揚羽は唖然とした。医者、ともう一度つぶやいて、あることに気づく。

「でも、この屋敷に診療所らしい部屋は——」

「地下にあります。入り口は屋敷の裏手にある雑木林のなかです。もちろん、屋敷からも移動できます。今度ご案内しますね」

　地下、と言われて揚羽は床を見た。まさかそんな場所に診療所があったなんて。

「雑木林って、どうしてそんなところに？」

「人形《ひとがた》ではない方々も多いので、万が一、誰かに見られてしまったらことでしょう？　とくにそういった方は念には念を入れ、深夜に診察するようにしています。移動が難しい場合は私が診察に伺うこともありますね」

「じゃあ、伊織さんはフィンランドでも医師を？」

「はい。ああ、でも、患者《かんじゃ》さんたちには別の医師を紹介しておきましたので、揚羽さんが気に病《や》むことはありませんよ」

思っていたことを指摘《してき》され、揚羽は言葉を詰まらせた。でも、自分のせいで伊織は日本に来ることになってしまったので、彼を慕《した》っていたであろう現地の人たちにはもうしわけない気持ちになる。

「あ、そうだ。ここでも常にカーテンを閉めっぱなしだけど、それも関係してる？」

「それは――」

伊織が説明するよりもさきに、壁際で待機していたリチャードが口を開いた。

「じつは私と娘は吸血鬼《きゅうけつき》なのです」

「吸血鬼って、あの吸血鬼？　日光にあたると灰《はい》になって、ニンニクが嫌いで、人間の血を好んで吸うっていう」

まさかの人間ではありませんでした、というリチャードの告白に、揚羽は呆然《ぼうぜん》としながら、自分の知識にある吸血鬼の特徴を並べてみた。

「はい、と言いたいところですが、ほとんどが誤解でございます。日光にあたった場合は重度の火傷《やけど》を負ったようになりますが、灰にはなりません。それになりよりも、私の好物は牛の血です。こう言っては失礼ですが、人間の血は生臭《なまぐさ》く、とても口にできるようなものではありません」

「牛の血が好きなんですか……」

「豚よりは牛派です。それからニンニクは臭《にお》いが苦手ですが、調理の際にはマスクを着用しますので問題はございません」

「そう言えば、料理はリチャードさんが作って……ん？　でも、それなら朝食は」

「もちろん、私めが作っております。さすがに朝は行動が鈍《にぶ》くはありますが――」

「いや、むりにそんなことしなくてもいいですから！」

朝食を準備してから就寝し昼前に起床するとなると、睡眠時間は三、四時間で終わってしまう。朝食が準備してあるのに、どうして誰もいないんだろう、と不満に思っていた自分を殴《なぐ》り飛ばしてやりたい。寝坊してしまった日には、朝食を取らずに屋敷をでたことだってあるのだ。

「お気になさらないでください。もとより三時間ほど眠れば充《じゅう》分な体質《たいしつ》なのです。むしろ、執事として給仕できないことが心苦しく……。使用された食器も、いつもきれいに洗ってくださってありがとうございます。朝はお忙しいのですから、そこまでお気を遣われなくてもかまいませんのに」

「それくらい洗わせてください」

ほかにも掃除や下着類を除いた洗濯《せんたく》までやってもらっているのだ。自分で使った食器くらい片づけなければ、亡くなった祖父に「そんな子に育てた覚えはない」と、どやされてしまう。

「リチャードはむりをしていませんから、揚羽さんも気になさらないでください」

「そうですとも。料理がここまで奥深く楽しいものだとは、日本にくるまで知りませんでした」

フィンランドではあまり料理はしなかったのだろうか、と揚羽は首を捻った。いや、伊織はこんな豪邸をぽんと買ってしまうほどの資産家なのだ。きっと専属のシェフを雇《やと》っていたに違いない。

「ところで揚羽さん。お話ししたいことがあると伺ったのですが」

「あ、忘れてた」

色々と衝撃的な事実が発覚したせいで、肝心《かんじん》なことを忘れていた。伊織と話をしたいがために、朝から屋敷内を捜し回っていたのだ。

「ここ数日は、仕事が立て込んでいたので、なかなかお時間を取れずもうしわけありませんでした」

「私のほうこそ、むりを言ってごめんなさい。その、お話なんですけど……」

そこで揚羽は言い淀《よど》んだ。許嫁を解消してほしいと言おうと思っていたのだが、その本人を目のまえにすると、せっかくの決心が揺《ゆ》らいでしまう。だって、こちらを見る眼差しがとても優しいのだ。

『お前の許嫁だよ』と言って祖父から見せてもらった、一枚の写真。そこに写っていた人が――長年、恋い焦《こ》がれていた人が――目のまえにいる。いまだって心臓が高鳴ってうるさいくらいなのに。

しかし、好きであるならば余計に伊織を拘束《こうそく》しておくべきではない。どうやら、避けられてはいなかったが、きっと伊織のことだ。口の達者な祖父に言いくるめられ、許嫁を了承してしまったのだろう。後見人を引き受けて、さらには住居まで提供してくれるだけでもありがたいのだから、と揚羽は自分に言い聞かせた。

「許嫁を解消してください」

「……なぜ、とお訊きしても？」

俯《うつむ》いているせいで、伊織がどんな顔をしているのかはわからないが、口調はいつも通り落ち着いているように聞こえた。

「私は伊織さんのことが好きだけど、伊織さんはそうじゃないでしょう？　お祖父ちゃんに頼まれたからって、むりしてほしくないんです」

――ああ、言ってしまった。

これで許嫁もお終《しま》い。

初恋は無残にも散ってしまった。

後悔にさいなまれながら、それでも、これでよかったのだと自分に言い聞かせているときだった。

「こちらを向いてください、揚羽さん」

「えっ？」

顔をあげると、いつのまにか伊織がとなりに座っていた。そして、いつでて行ったのか、リチャードの姿もない。

「私がしかたなく許嫁になっていると考えていたんですね」

「だ、だって、同じ家に住んでいるのに滅多に顔をあわせないし、せっかく一緒になってもすぐ仕事があるからってどこかに行っちゃうし。私のこと、迷惑《めいわく》に思っているとしか……」

「もうしわけありません、揚羽さん。仕事が忙しかったのは事実です。なにしろ日本にしか生息していない方々も多く、専門書の取り寄せやらカルテの作成などで時間がかかってしまいました。それに……あなたと一緒に暮らせるだけで私はうれしくて。これ以上、幸せなことが続くと仕事が手につかなくなるのではないかと、会うことをセーブしていたくらいなんですから」

「……私、嫌われてない？」

「あなたを嫌うなんて、万が一にもありません。私も揚羽さんのことを愛《あい》しています。

だから許嫁を解消したいなんて、言わないでください」

突然の告白に、揚羽は全身の血が沸騰《ふっとう》するような感覚を味わった。顔が熱くて、とてもではないが伊織の顔をまともに見ることができない。しかし、伊織はそれが不服だったようで。

「私を見てください」

「はひ」

両手で揚羽の頬に触れると、視線《しせん》をあわせるように顔を持ちあげられてしまった。キスをしてもおかしくないほどの至近距離である。伊織の目が優しげに細められた。真っ赤になっているだろう頬に、ひんやりとした手が心地よい。

「私なんかで、本当にいいの？」

「その言葉、そっくりお返ししますよ。揚羽さんこそ、後悔しませんか。なにしろ私は――おや」

「え？」

突然、揚羽の右側の頬に触れていた手の感触がなくなる。ゴトッ、と鈍い音がして視線を床にむければ、絨毯のうえに腕が落ちていた。よく見ると、肉の露出《ろしゅつ》した部分が、ところどころ腐っているかのように青黒く変色しているのが見える。

「す、すみません。じつは引っ越し直後に泥棒《どろぼう》に入られまして、腕のメンテナンスが遅れてしまったんです。ああ、もう少し持つと思っていたのですが……」

伊織は白衣を脱ぐと、それで落ちた腕を包んだ。ワイシャツに隠れて見えないが、ちぎれた腕の部分には青い液体がべったりと付着している——まるで、血のように。泥棒、という物騒《ぶっそう》な単語も気になったが、いまはそれどころではない。

「伊織さん、うで、腕がっ！」

「大丈夫ですよ。スペアがありますから。これも一応、縫合《ほうごう》すれば動くんですけどね」

腕がちぎれたら相当の痛みがあるだろうに、伊織はまるでかすり傷とでも言うような表情で語る。

そこで揚羽は気づいた。

「あの、もう一つ訊いていい？　もしかして、伊織さんも人間じゃない？」

「重光《しげみつ》さんからなにも聞いていませんか？」

祖父の名前に、揚羽は頷いた。

許嫁の腕が取れるなんて、聞いていない。

伊織は、「それとなく話しておいてくださいと、お願いしておいたんですけど」と困《こま》ったように笑う。

「なるほど。だから揚羽さんは、私になにも訊かれなかったんですね」

得心がいった、というように頷いた伊織は、改まったように告げた。

「じつは私、ゾンビなんです」

スライム、吸血鬼ときて、ここでゾンビ。

揚羽のキャパシティはもう満杯だった。

「揚羽さん？」

「ちょっとタイム」

ソファーにもたれかかるように沈み込む。心なしか頭が重く、体が熱い気がする。

拝啓《はいけい》、天国にいると思われるお祖父様。

報連相《ほうれんそう》は大事です。

まさか、許嫁がゾンビだとは思ってもみませんでした。

これからは、毎日が大変なことになりそうな予感がします——と思ったところで、
揚羽の意識はドロップアウトしたのだった。

街に吹く風がほんの少し冷たさを増した、十月も下旬。
白黒のボーダー柄のセーターにデニムといった、飾りっ気のない格好をした揚羽は、
自室のソファーに寝そべりながらうめき声をあげていた。

許嫁がゾンビという衝撃の事実が発覚してから、はや数日。伊織の仕事もだいぶ落ち着き、以前よりも団欒《だんらん》の時間が取れるようになった。

そこで、色々とわかったことがある。

まず揚羽が想像しているゾンビと、伊織は大きく違った。伊織は理性もあり人を襲ったりはせず、また噛《か》まれたところで同じようにゾンビ化することもない。ただ、伊織自身、自分以外の同族と会ったことがなく、また、ゾンビに関する文献《ぶんけん》も少ないことからわからないことのほうが多いらしい。

親がいるのかどうかも不明で、人間とのあいだに子供が生まれるかどうかも不明。不老ではあるが、不死ではない等々。そして、育ての親が人外を専門とする医師だったことから、伊織も同じ道を志したのだという。

それから、伊織には人間としての戸籍《こせき》があることも発覚した。人間社会——とくに先進国で暮らすためにはどうしても戸籍が必要となるため、フィンランドに移住するまえに違法ではあるが大金と引《ひ》き換《か》えに購入したのだと言う。

とはいえ、彼らのことを知ったからといって、生活ががらりと変わったわけではない。幼い頃から祖父にその存在をほのめかされていたこともあって、揚羽はあっさりと伊織たちを受け入れることができた。

ゾンビ、という衝撃ワードがたまに脳裏《のうり》をよぎることはあっても、揚羽は幸せだった。

　――そう、郵便局のATMで残高照会《しょうかい》をするまでは。

　高校生のときに長期の休みを利用して貯《た》めたバイト代が、底をつきそうなのである。無駄遣いは避けてはいるが、出費はゼロではない。ならば、土日にバイトを入れようと、後見人でもある伊織に許可を求めに行ったところ、反対されてしまったのだ。

「お金が必要なら、これを使ってください」とわたされたのは、真っ黒なカードだった。それは揚羽でも知っている。上限なしに使えるという、恐怖のカードである。

　衣食住の面倒をみてもらっているうえにお小遣いまでもらうなんて、さすがに揚羽の矜持《きょうじ》が許さない。せめて個人的に使う金くらい、自分で稼《かせ》ぎたかった。

「でも、内緒でバイトするのもなぁ……」

　できれば、きちんと伊織の許可をもらって働きたい。どこかに伊織が納得《なっとく》してくれる働き口はないものか、と揚羽は頭を悩ませた。

「――よう、お嬢ちゃん」

「うわっ」

　ぼとっ、と天井から揚羽のうえに落ちてきたのは、スライムの松次郎だった。ぽよんぽよんと体を揺らし、ソファーの空いているスペースに鎮座《ちんざ》する。

「びっくりした。いきなり入って来ないでよ」

「ちゃんとノックしたぜ。なんだ、考えごとか？」

「まあね」

つん、と球体を指先で突くと、表面がぷるぷると震えた。何度見ても不可思議な生き物である。消化不良で苦しんでいるところを揚羽が助けたことがきっかけで、それ以来、よく話をするようになったのだ。

「ところでお嬢ちゃん。ピンク色のスライムを見なかったか？」

「もしかして、娘さんのこと？」

「ああ。そういや、お嬢ちゃんはまだ会ったことがなかったな。あいつは人見知りだから、なかなか人前にでたがらないんだよ」

「むりしなくてもいいよ。それで、娘さんがどうかしたの？」

「三日まえから姿が見えないんだ」

「よく捜した？」

ただでさえ広い屋敷だ。庭もあわせれば、肉まんほどの大きさのスライムが隠れられる場所など、掃いて捨てるほどあるだろう。

「心当たりはすべて捜した。あとは敷地《しきち》外にでたと考えるしかないな」

「大変じゃない！」

揚羽は思わず大声をあげてしまった。人目につく場所をうろついていたら、まず間違いなく捕獲《ほかく》されてしまう。ツイッターで話題になるくらいならまだマシで、最悪は研究機関に持ち込まれる怖れもある。

「伊織さんたちには相談した？」

「雇い主の手はわずらわせたくないから、それは最終手段だ。なに、あいつには一人で生きる術《すべ》を教え込んである。万が一、外にでたとしても、人に捕まるようなヘマはしないだろうさ。まあ、こないだはカラスに攫《さら》われそうになってたが」

「ぜんぜん学んでないじゃん」

「だからそのあとで、動物相手の危機管理もしっかり叩き込んだ。だから、危険な目には遭《あ》っていないだろうが、迷子《まいご》にはなっているかもしれん」

「娘さんて、外にでたことはないの？」

「あるにはあるが、数えるくらいだ。それも、必ず俺と一緒だった。お前にはまだはやいから、一人では出歩くなと言っていたんだが……」

「行きそうな場所に心当たりは？」

「ないこともないが……そうだな。夜になったら、回ってみるか」

「いや、夜じゃなくてさ。いま行こうよ」

「おいおい、さすがに昼間は人目があるからむりだぞ」

「私も一緒に捜すから。松次郎さんは、えーと……これなら入るかな」

揚羽がクローゼットから取りだしたのは、中学生のときに買った茶色いリュックである。なかなかの大きさなので、これなら松次郎もすっぽり入るだろう。

「まえに使ってた自転車が車庫にあるから、それで回ればはやいでしょ。さすがに遠方までは行けないけど」

「一緒に捜してくれるのか?」

「乗りかかった船だからね。それに今日は日曜日だし、日暮れまでつきあうよ」

いくら生き抜く術を教えたからといって、娘が心配であることに変わりはないだろう。その証拠《しょうこ》に、口では平気なようなことを言っていたが、松次郎の体は落ち着かないのか、ぷるぷると小刻《こきざ》みに揺れていた。

「恩に着るぜ、お嬢ちゃん!」

「それでも見つからなかったら、伊織さんに相談しようね」

「そうだな。伊織の旦那には迷惑をかけることになるが、背に腹はかえられねぇ」

はい、と言ってリュックの口を広げると、松次郎がそこに飛び込んできた。口をきっちり縛《しば》って完成だ。あとは松次郎と外で会話をする際、周囲に誰もいないかどうか念入りに確認すれば問題はないだろう。

「苦しくない?」

『ああ。適度な閉塞感《へいそくかん》があって、意外と快適だな』

携帯で時刻《じこく》を確認すると、ちょうど午後一時を回ったところだった。リチャードはすでに起床して伊織の手伝いをしているが、ディアナはまだ眠っている時間帯である。ディアナが起きているのであれば、一声かけてからでかけようと思ったのだがしかたない。グレイの薄手のコートを羽織り、揚羽は松次郎が入ったリュックを背負《せお》った。

「よし出発、って、重っ！」

『俺は体のほとんどが水だからな』

「それって移動してるあいだに、乾涸《ひから》びたりしない？」

『膜《まく》で覆われてるから問題ないぞ。試したことはないが、飲まず食わずでもじっとしてれば一年くらいもつんじゃないか？』

腰にずっしりとくる重さに、揚羽は悲鳴をあげた。これを背負って自転車を漕《こ》ぐのは、なかなか大変かもしれない。しかも、ホームセンターで購入した安いママチャリだ。当然、電動式自転車などという高価な品物ではない。

「ううっ、ところでリュックから外の景色《けしき》は見えないよね。道案内してもらおうと思ったんだけど」

『脇《わき》に穴が空いてるから、問題ない』

「気に入ってたのにー」

衝撃の事実、発覚である。

揚羽は泣く泣くリュックを背負い直して部屋をでた。これ、重みでショルダー部分がちぎれたりしないよね、と不穏《ふおん》な考えが脳裏をよぎる。運転し辛いが、自転車の前カゴに入れるべきかもしれない。

「行ってきます」

聞いている者は誰もいないが、揚羽は一声かけて玄関をでたのだった。


まだ十月とはいえ、さすがに自転車は肌寒い。

それほどスピードをだしていないにもかかわらず、冷たい風が吹きつけてくる。ここ連日の雨のせいで、気温がさがっていることも原因の一つだろう。

「最近、ぜんぜん自転車に乗ってなかったからなぁ。ペダルが重い……」

中学、高校と自転車通学で、大学もはじめは最寄《もよ》りの駅まで毎日のように自転車を漕いでいた。それが伊織と同居するようになってからは、徒歩二分の場所にあるバス停から乗り換えなしで大学まで直行だ。知らぬまに贅沢に慣れた体からは、怠《なま》けたぶんだけ体力が奪われていたらしい。

ペダルを踏む足は重く、額《ひたい》にはじんわりと汗が滲《にじ》む。

「……やばい。まじめに運動しようかな」

大学でスポーツの授業はあるが、毎日というわけではない。にもかかわらず、揚羽はリチャードの料理を毎日三食、きっちりと取っていた。最近では昼食用にとお弁当まで作って持たせてくれたからである。星野家の洗面所には体重計が置いてないので、今度、一人暮らしの野薔薇宅にお邪魔して確認しよう。

『そこの角を右な』

前カゴに入ったリュックから、松次郎の指示が飛ぶ。星野家には引っ越して日が浅いので、近隣の地理は曖昧《あいまい》だ。松次郎の案内だけが頼りである。

星野家があるのは閑静な住宅街から一歩離れた、まだ手つかずの自然が残る一角だった。そもそも敷地が広いので、お隣さんといっても数十メートルの単位で離れた場所にある。右隣は老夫婦が住む一軒家で、左隣は空き地だ。右手に曲がると大きな国道があり、揚羽はいつもそこのバス停から大学に通っていた。

伊織が購入した中古の洋館は、その土地の広さもあってなかなか買い手がつかなかったらしい。分割《ぶんかつ》するにしても、屋敷を解体しなければならない。あれだけの大きな建造物はそれだけで何百万という費用が必要になってくるだろう。

揚羽はまだ入ったことはないが、地下にある診療所は購入後に増設したそうだ。屋敷のしたは耐震強度的に不可能だったようで、位置的には庭の真下にあたるらしい。いったいいくらかかったのか、伊織に訊けば教えてくれそうだが、怖ろしくて考える気にもなれなかった。

『次は左』

「夜にでかけるにしても、道路を堂々と歩いているの？」

『下水道か側溝《そっこう》を利用してる。都会はそのあたりがきっちり整備されているから、楽だぞ。マンホールも多いしな。おっと、ここだ。ちょっと停めてくれ』

いきなりの静止に、揚羽は慌ててブレーキをかけた。停まった場所は一般住宅に囲まれたなんの変哲もない路地裏である。一方通行になっているため、道幅も車一台分程度の幅しかない。人影《ひとかげ》が見当たらなかったため、揚羽は声を潜めることなく松次郎に話しかけた。

「なにもないけど」

『いまはな。ここは可燃ゴミの集積場所なんだ。月曜と木曜になると専用のボックスが置かれる。ここは人目につきにくく、収集する時間も遅い。なにより、カラスの野郎がいないってのが最大のポイントだ。昼間でもゆっくり食事できるスポットなんだよ』

「伊織さんとこでもらうだけじゃ、足りないんだ？」

星野医院は正式に登録のない、いわゆる闇《やみ》医者だ。これは患者が患者だけにしかたのないことだろう。しかし、そうなってくると専門の医療廃棄物を処理する業者が利用できない。そこでなんでも溶かして食べてしまうスライムを雇用することになったのだそうだ。ちなみに屋敷ででるゴミは、まったくださないと近所から怪しまれるため、普通に家庭ゴミとして集積所にだしているらしい。

『いや、充分だが、ここはいざというときの非常食だな。伊織の旦那がいつまでもここにいるっていう保証《ほしょう》はないだろ。それに俺に万が一のことがあれば、あいつは一匹で暮らしていかなきゃならん。まあ、野生《やせい》の奴らから見れば、甘やかしだと言われそうだがな』

「野生のスライムってゲームっぽい……いや、娘想いのいい父親だと思うよ。それで、娘さんの気配はどう？」

『さっきから呼びかけてるが、一向に反応はない』

「なにも聞こえないけど」

『スライムにだけわかる振動音をだしているんだ。半径百メートル以内にいれば、返事があるはずなんだが……。ここにはいないようだな』

「もしかして、こういう場所がほかにも？」

『ああ。いくつかあるが』

「じゃあ、虱潰《しらみつぶ》しに探すしかないか」

『すまないな、お嬢ちゃん』

よし、と気合いを入れて、揚羽はまた自転車のペダルを漕ぎはじめた。この空のした、小さなスライムがぷるぷると孤独に震えていると思うと、はやく見つけてあげたいという気持ちが湧《わ》きあがってくる。

『そういや、そこのコンビニの裏手もわりとおすすめだ。収集日近くになると、廃棄ゴミが山になってる。ただ、ここはカラスだけじゃなく野良猫との激戦区《げきせんく》でな。俺くらいのスライムだったら平気だが、娘にはまだはやいだろう』

「カラスと野良猫にスライムが交じってるんだ……」

『あいつらに見られても、困ったことにはならないだろ』

「それはそうだけどさ」

野良猫とカラスとスライム――なかなかに仁義《じんぎ》なき戦いが繰り広げられていそうだ。


屋敷をでてから二時間。時刻はすでに三時をすぎている。揚羽は薬局の裏手で自転車を停め、休憩がてら駐車場の縁石に腰をおろした。

「いないねぇ……」

『まったく、どこに行ったんだか』

あれから心当たりを五ヶ所。東西南北にと奔走《ほんそう》したが、松次郎の娘は一向に見つからなかった。これでじつは屋敷にいましたとなったら、骨折り損のくたびれもうけである。

「そうだ。娘さんの好物ってなに？」

『それがどうかしたか？』

「もしかしたら、自分の好きな食べ物がある場所にいるかと思って」

『好物があるにはあるが、いまの季節はなぁ』

「季節モノ？」

『あいつが好きなのは、花なんだよ。それも桜の花びらに目がない』

「急にメルヘンチックになった。え、もしかして、松次郎さんも？」

『俺の好物は、人工物だ。とくにプラスチック容器なんかがいいねぇ。あれを溶かすときのプチプチとした感触がたまらないんだ』

「振り幅が酷い」

しかし、桜はもとより、花自体がこの季節には少ない。花、花、と考えて、揚羽はリュックからスマートフォンを取りだした。ネットの検索画面を開いて、このあたりの地名と一緒に〝植物園〟と入力する。

「あった！」

ヒットは一件だけ。小金井《こがねい》植物園と書かれたサイトには、小規模ながら豊富な種類の植物が育てられている、とあった。写真を見るかぎりでは温室もあるようなので、もしかしたらちょうど花を咲かせている植物があるかもしれない。

「植物園はどうかな」

閉園は午後五時とあるので、まだ時間に余裕はある。

『監視《かんし》カメラがありそうな場所は、できるだけ回避するように教えておいたが……』

「可能性は低そう？」

『いや。うまそうな花があれば、食欲に負けて入った可能性もある。念のために確認しておきたい』

「了解」

体力も戻ったので、揚羽は勢いよく自転車のペダルを漕ぎだした。休憩していた薬局から植物園までは、自転車で十分ほど。五台ほどが停められる駐車場は日曜日だというのにがらがらで、受付の窓口には事務員の姿はなく、代わりに〝御用《ごよう》の方は呼《よ》び鈴《りん》を鳴らしてください〟と張り紙がしてあった。よほど来客者が少ないと見える。

「入場料は……学生は五百円か」

ワンコインであっても、金欠には痛い出費だ。揚羽は泣く泣く財布《さいふ》から五百円を取りだし、やってきた事務員に入園料を支払った。

「植物園なんて、小学校の授業で来て以来かも」

壁にペイントされた矢印に従って歩きながら、揚羽はぽつりとつぶやいた。

受付をすぎるとまず目に入るのが、ドーム状の大きな温室だった。見あげただけでも三階分ほどの高さがある。ただ、それほど広さはないようで、入り口には〝通路が狭《せま》いためご注意ください〟と手書きの張り紙があった。

サイトを見たときも思ったが、だいぶ小規模な植物園のようだ。研究が主体で入園自体はオマケのようなものなのかもしれない。敷地だけだったら、まだ星野家のほうが広いだろう。手動の扉を開けて温室に入ると、ムッとするくらい温かな空気に包まれる。

「よかった。お客さんは私たち以外にいないみたいね」

幸いなことに、職員の姿も見当たらない。松次郎との会話にも気を遣わなくてよさそうだ。

温室の中心には、熱帯地域で見られるような背の高い植物が三本、植えられていた。そして、それをぐるりと囲むように、様々な種類の植物が並んでいる。受付でもらったパンフレットを読むと、温室では東南アジア系の植物を中心に育てているらしい。

「見たことのない植物がいっぱいだ」

『ああ。それに咲いてる花も多い。春や夏に比べれば花の少ない時季だからな。娘にすればここはパラダイスだろう。時間を忘れて入り浸ってる可能性はある』

「でも、いきなり花びらばかりなくなってたら、係の人が不審《ふしん》に思うんじゃない？」

『そのあたりは加減して食べるように教えてあるが、空腹のときは難しいな。とはいえ、最近はたっぷりとメシを食っているはずだから、その心配はないだろ。しかし、こんな花のどこがいいのかね。プラスチックのほうがうまいのに』

「リチャードさんにプラゴミだけでも譲《ゆず》ってもらったら？」

『うちででるプラスチックの量なんざ、たかが知れてるぜ』

「実質、食事してるのって私と伊織さんだけだからね……って、そう言えばゾンビってなにを食べるのかな？」

映画では、と考えて揚羽は首を振った。さすがに人肉はないだろう。そもそも伊織とは一度も食卓を囲んだことはないため、なにを食べているのかは不明だ。一緒に食事をしたいが、仕事のため時間帯があわないのであればしかたない。

「松次郎さんは知ってる？」

『……さてな。そういうことは本人に訊いたほうがいいぞ』

「そうだね。ついでに好物を訊いて、差し入れするのもありかも」

いまはリチャードのおかげで披露《ひろう》する機会もなくなってしまったが、料理は得意だ。多忙な祖父に代わって中学生時代から台所に立っていたため、よほど手の込んだ料理でもない限り、人並み程度には作れる自信がある。

「ふっふっふ。手料理で胃袋をつかむのも大事だよね」

『俺はお嬢ちゃんに、素手で胃袋をつかまれたわけだが』

「私だってそんなのつかみたくなかったよ。それより、娘さんに呼びかけなくていいの？」

『しゃべりながらやってるさ。いまのところは反応はないな』

「うーん。ここも空振《からぶ》りなのかなぁ……」

　揚羽はがっくりと肩を落とした。松次郎はわずかな可能性に望みをかけて、娘に呼びかけ続けている。揚羽は待っているあいだ、せっかく入園料を払ったのだからと、展示植物を観賞することにした。

「あ、食虫植物もあるんだ。ウツボカズラなんて、はじめて見た」

　もっと大きいイメージだったが、実物は瓢簞《ひょうたん》の部分が意外にも小さい。好奇心から なかを覗いて見ると、黒いなにかがいた。それは丸い球体状で、全身が黒い毛で覆われていた。なによりも不気味《ぶきみ》だったのは、体積の半分を占めるほどの目玉である。目玉が一つ。ぎょろりと揚羽を見あげていた。

「松次郎さん！」

　体をのけぞらせ、揚羽は叫んだ。

『おう、どうしたお嬢ちゃん』

「なかに、なかになにかいた！」

『虫でも入ってたか？』

「丸くて毛が生えてて、目玉が一つしかなかった！」

『そりゃ、ここに住んでる奴だな。俺の気配に反応して、様子を見にきたんだろ。ここは気候も安定してるし、餌《えさ》になる植物や水も豊富だ。なにより人の出入りが少ない』

「でも、ここって監視カメラがあるんでしょ。大丈夫なの？」

『俺の場合はアウトだが、小さい奴らなら映ったとしても気づかれないだろ』

「そうなんだ……」

言われてみれば、ウツボカズラのなかにいたものは指のさきほどの大きさしかなかった。誰かに見られたとしても、ぎょろりとした目さえなければ大きめのホコリかなにかと勘違いするかもしれない。

恐る恐るもう一度、ウツボカズラのなかを覗いてみると、一つ目のなにかは姿を消していた。

「……あれ、いなくなっちゃった」

『声に驚いて逃《に》げたんだろ』

「びっくりして、つい。悪いことしちゃったな」

驚かせるつもりはなかったが、結果的にそうなってしまったようだ。植木鉢《うえきばち》の陰や棚のしたを覗いてみるが、やはりそれらしき生き物は見当たらなかった。

しばらくして、リュックから松次郎の声が聞こえた。

『……残念《ざんねん》だが、いないな』

花が咲いているだけに、もしかしてと期待していたのだが、どうやらここも反応はなかったようだ。念のため温室の外も見回ってから、揚羽は植物園をでた。

時刻はすでに四時。そろそろ日も暮れはじめ、東側からは少し欠けた月が空にのぼっていた。気温もだいぶさがり、ハンドルを握る手も冷たい。

前カゴにリュックを入れ、揚羽は自転車を押して歩く。屋敷に戻るまでのあいだだが、わずかな可能性にかけ松次郎の娘の反応を探っているのだ。

自転車を押して歩道を歩いていると、前方から集団下校中の小学生が見えた。三、四年生くらいだろうか。楽しそうにおしゃべりしながら歩く姿に、揚羽も思わず笑顔になる。彼らとすれ違ったあとで、松次郎の声がした。

『子供が好きなのか？』

「うん。将来は保育士か幼稚園教諭になりたいんだ。どっちもお父さんとお母さんが働いているあいだ、子供を預かる仕事だよ」

『それ、人間だけじゃなく、スライムのガキも預かってくれないもんかね』

現在進行形で娘が行方不明中の松次郎は、溜息とともにぼやいた。

『うっかりしてるとすーぐどっかに行っちまって。こないだなんか、カラスに食べられそうになってたんだぜ』

「私なんて、保育園が休みのときなんかは家中を走り回って、それを追いかけるお祖父ちゃんが、毎回死にそうになってたらしいよ」

『そういや、祖父さんと二人暮らしだったそうだな。仲はよかったのか？』

「普通だったよ。昔気質《むかしかたぎ》の人だったけど、礼儀作法以外はそんなに厳しくなかったし。お祖父ちゃんは民俗学——松次郎さんたちみたいな、妖怪とかモンスターがどんな場所でどんな風に暮らしていたのか研究してて、日本各地を旅して歩いていたんだ。小さい頃は私も連れて行ってもらってたな。一人で留守番できるようになってからは、あんまりついて行くこともなくなったけど」

『珍しい人間だな。俺らのことを知ってるなんて』

「どこで知ったのかはわかんないけど……あ、でも日記をつけていたから、そこになにか書いてあるかも」

祖父と一緒に暮らしていた家には、民俗学を中心とした大量の書籍とともに、祖父が残した手記があった。部屋は掃除したが、遺品《いひん》は処分することなくそのままとなっている。

祖父が亡くなってからだいぶたったが、まだ気持ちの整理ができていないからだ。家に帰ったら、「遅かったな」と言って祖父が出迎えてくれるのではないか――つい、そんな風に考えてしまう自分がいる。

「引っ越ししてから一度も帰ってないから、今度、掃除しに行こうかな」

祖父、それから両親の位牌《いはい》などは星野家に持ってきたが、それ以外の荷物は残ったままだ。定期的に窓を開けて空気を入れ替えなければ、湿気から書籍にカビが生えてしまう怖れもある。

『俺も手伝ってやろうか。ゴミを分別する必要がないから楽だぞ』

「もしかして、廃棄するとお金がかかっちゃうような大型家具も……」

『俺に食えないものはない』

「なにそれ、最高」

一家に一匹、スライムがいてくれたら、かなり助かるしエコなのではないか、と揚羽は本気で考えていた。

「ところで、反応はあった？」

『ない。まったく、どこに行っちまったんだか……っと、屋敷が見えてきたな』

「ここらで一度、戻ろうか。それで、伊織さんに相談してみよう。きっと力になってくれるよ」

返事の代わりとばかりに、リュックがぽよんと揺れた。

帰宅すると出迎えてくれたのは、伊織だった。

リビングルームでディアナが淹れてくれたカフェオレで体を温めながら、揚羽は行方不明中の松次郎の娘について説明する。リュックから解放された松次郎は、絨毯のうえで平たくなっていた。

「それは心配ですね。私のほうでも探してみましょう」

「誰かに捕まってるってことはない？」

「可能性としてはゼロではありませんが、スライムですからね。わずかな隙間さえあれば逃げられますし、密閉した容器に閉じ込められても時間さえかければ溶かすこともできます。それに彼らはとても機敏《きびん》だ。捕まえること自体が困難なんです」

「じゃあ、やっぱり迷子なのかな……」

人間の場合は警察《けいさつ》に行方不明者届をだせば捜してもらえるが、スライムではそうもいかない。念のためにツイッターなどを検索してみたが、それらしいものを見つけたといった情報は載《の》っていなかった。

「ほかのスライムの縄張《なわば》りに入ったらどうなるの？　まさか、いじめられたりしないよね？」

「普通ならば追いだされるとは思いますが、娘さんの場合は大丈夫でしょう。日本に生息するスライムは数が少ないので、鉢合《はちあ》わせすること自体が稀《まれ》です」

「え、そうなんだ」

「はい。ヨーロッパでは地域に関係なくよく見かけますが」

「松次郎さんも外国から来たの？」

ぼよんぼよんと、体を丸めたり平たくしたりと奇妙《きみょう》な運動に励んでいた松次郎が答えた。

「俺は日本生まれの日本育ちだ。外国からわたって来たのは、俺の先祖だな。聞いた話によると、江戸後期にオランダ船に紛《まぎ》れてやってきたらしい。だから俺は外国語は話せないぜ」

「なるほど。じゃあ、アメリカ生まれのスライムは英語を話すんだね」

するると、伊織がくすくすと笑った。

「普通のスライムは人間の言葉は使いませんよ。松次郎さんのように会話が成立するスライムのほうが珍しいんです。スライム同士は独自の波長での会話が可能で、そこに人間のように地域で異なる言語という概念《がいねん》はありません」

「俺は昔、知りあいの人間から教わったんだ。名前もそのときにもらった。覚えるのは面倒だったが、こうしてお嬢ちゃんたちと会話できるのは楽しいな。疑問に思ったことにすぐ答えてもらえるのも便利だ。人間がどうやってプラスチックを作っているのか聞いたときは、目から鱗《うろこ》だったぜ」

「ちなみにいまは、簡単《かんたん》な漢字を勉強中だ」と松次郎は言った。どうやら、ひらがなの読み書きはマスターしているらしい。スライムは全員日本語を話せると勘違いするところだった、と揚羽は思った。

しかし、スライムというのは不思議な生物である。雌雄同体というが、どうやって子供が生まれるのか、また、胃以外の臓器はゼリー状の体内のどこにあるのか。それに寿命《じゅみょう》も気になるところだ。

祖父がスライムをはじめとする、人ではない者たちに夢中になっていたのもわかる気がする。

「話が脱線してしまいましたが、娘さんがまだ近隣にいると仮定して、立ち寄りそうな場所を定期的に見回るという方法もあります。すれ違っている可能性もあるので、おこなわないよりはマシでしょう」

「じゃあ、あとで今日回ったところをピックアップしておくね。ほかに行きそうな場所ってないかな?」

「桜が咲いてたら、いくつか候補もあったんだがなぁ」

「むしろ、候補がありすぎて大変だったんじゃない？」

逆にいまの時季でよかったのでは、と揚羽は頬を引き攣《つ》らせた。

「桜、ですか……」

「伊織さん？」

考え込むように宙を見据《みす》えた伊織だったが、いきなりローテーブルに置いてあったスマートフォンを取って何事かを調べはじめる。やがて目当てのサイトを見つけたのか、「これです」と言って揚羽にも画面が見えるように向けた。

「地方ニュース？」

地名はちょうどあの植物園があった近くだ。五分咲きほどの桜の写真が載っている。その文面に目を走らせ、揚羽は「あ」と声をあげた。

「冬桜！」

それは河原《かわら》にある数本の冬桜が開花したという記事だった。日付を見てみると、ちょうど三日前。松次郎の娘が行方不明になった日である。例年よりも一週間ほどはやい開花だと書かれていた。

「松次郎さん、もしかして、娘さんはここにいるんじゃない？」

「ふむ。あいつは桜の花びらに目がないからな。迷子になったさきで桜を見つけたら、散るまでそこに居座るはずだ」

「では、いまから行ってみましょう」

「すまねえな、旦那。恩に着るぜ」

リチャードとディアナは留守番として残し、揚羽と松次郎は伊織が運転する車に乗って冬桜があるという河原にむかった。

時刻は午後六時。すでに日も落ち、あたりは闇に包まれている。空にのぼった月は細くその光も頼りないが、街灯のおかげで懐中《かいちゅう》電灯もいらないくらいの明るさだった。冬桜があるという河原は、川幅はさほど広くはなく、河川敷《かせんしき》にはススキが生い茂っていた。

近くに車を停め、土手をのぼる。ニュースにはなったが、さすがに数本の冬桜だけではライトアップもされず、夜桜を楽しむような人の姿もない。風に乗って、桜独特の香りが漂ってきた。この時季に桜というのも、不思議な気分だ。

「どこにあるんだろ……あ」

ひらり、と視界を白い花びらが流れる。

そのさきに顔をむけると、暗闇に浮かびあがるように満開の桜の木が立っていた。風が木々を揺らすたびに、花びらがひらりひらりと宙を舞う。月明かりのなかの幻想的な光景に、揚羽は言葉を失った。

「これは見事ですね」

黒いコートを羽織った伊織が、揚羽のとなりに並ぶ。人気《ひとけ》がないこともあって、松次郎は堂々と地面を跳びはねるように、桜の木に向かっていく。

これが伊織と二人っきりのデートだったらな、と揚羽は内心で残念に思った。以前よりも顔をあわせたり会話をしたりする機会は格段に増えたが、二人きりででかけたことは一度もない。

「いた！」

松次郎の声が夜の空に響いた。慌てて駆《か》け寄ると、松次郎のまえには一本の冬桜があった。

「どこ？」

「あの太い枝のつけ根あたりだ」

伊織が懐中電灯で桜を照らすと、太めの枝にピンク色のスライムが乗っていた。近くの桜の花をぱくんと口に入れては、うれしそうに体を震わせている。

「スモモ、迎えに来たぞ！」

なんとも可愛らしい名前だ。スモモと呼ばれたスライムは、それでようやく父親に気づいたようだった。体をのばして、覗き込むように地面を見る。そこに松次郎の姿を見つけ、興奮《こうふん》気味にその場で飛び跳ねる。

「危ない！」

ズルッと枝から落ちるスモモを、揚羽はとっさに両手でキャッチした。地面に激突しても大丈夫なのかもしれないが、万が一ということもある。

「すまねえな、お嬢ちゃん。やっぱりこいつは迷子になっていたらしい。たまたま桜が咲いていたから、休憩がてら食事に勤《いそ》しんでいたそうだ」

「見つかってよかったね」

「まったくだ。罰《ばつ》としてしばらくは、俺のなかに入ってろ」

ガーン、とでも言うように体を硬直《こうちょく》させたスモモは、さすがに自分が悪いと自覚しているのか、しかたなく揚羽の手から松次郎に飛び乗った。その途端《とたん》、スモモの体が松次郎の体内に吸い込まれる。透明な球体のなかを、スモモがクラゲのように漂っていた。

「……消化しちゃったりしないよね？」

「娘さんがいるところは胃ではないので、大丈夫ですよ」

「どう見ても、捕食《ほしょく》してる光景にしか見えないんだけど……」

外にでたいのか、スモモが外膜に体当たりしては跳ね返されている。大丈夫だとは思うが、きちんと呼吸ができているのかどうか不安になる光景だ。その場合、肺呼吸なのかエラ呼吸なのか、微妙《びみょう》に気になるところではあるが。

「おっと、そうだった。お嬢ちゃん、これを受け取ってくれ」

松次郎が体内から取りだしたのは、直径十センチほどの瓶《びん》だった。そこには透明な液体がたっぷりと入っている。

「今日一日、つきあってもらったお礼だ。売るなりなんなり好きにしてくれ」

「あ、ありがとう？」

「俺はちょっとこのあたりで食事をして帰るから、さきに戻っててくれ。伊織の旦那もありがとよ」

それだけ告げると、松次郎はススキのあいだに消えてしまった。もしかしたら、ポイ捨てされたペットボトルでも探すのかもしれない。揚羽は手のなかに残された瓶を眺《なが》める。

「もらっちゃったけど、これなんだろ？」

「それはスライムの体液ですよ。お金に換えるのであれば、私が代わりに交渉しますよ」

持っていても使い道はないため、売ってしまうのが無難だろう。迷った末に、揚羽はお願いしますと言って伊織に瓶を託した。

「でも、スライムの体液が売れるなら、悪い奴らに狙《ねら》われるんじゃ……」

「その心配はありません。彼らの逃げ足は一級品ですからね。まず、捕まえるのに一苦労ですし、たとえ密閉された容器に閉じ込めたとしても、時間さえあれば溶かして脱出《だっしゅつ》することができます。素直《すなお》に対価を提示して、買い取るほうが楽なんですよ。と言っても、体液をだすと質量も減るので、たいがいは拒否されますが」

「そうなんだ」

「では、そろそろ帰りましょうか」

歩きだした伊織を追いかけるように、揚羽もそれに続いた。そこでふと、冬桜が咲き誇る河原で、二人きりというなかなかロマンチックなシチュエーションであることに気づく。車までわずかな時間ではあるが、これはチャンスなのではないか、と揚羽は頭を巡《めぐ》らせた。

「伊織さん。手を繋いでも、いい？」

緊張のあまり声が裏返りそうになる。両想いなのだから拒否されることはないだろうが、それでも不安で押し潰されそうな気持ちになった。

「……揚羽さんは嫌ではありませんか？」

「私？」

気遣《きづか》うような視線を向けられ、揚羽は首を捻った。そもそも嫌だったら、手を繋ぎたいだなんてねだったりはしないだろう。

そこでふと、伊織の腕が取れたときのことを思いだした。キャパオーバーで気絶してしまったが、それは別に伊織のせいではない。もしかして、誤解されているのでは、と思った揚羽は、躊躇《ちゅうちょ》なく伊織の手を取った。

そして、ひんやりと冷たい指先を、温めるように包み込む。

「ほら、ぜんぜん嫌じゃないよ」

「冷たくありませんか?」

「平気。私は体温が高いから」

「……本当ですね。とても温かい」

はらりはらりと桜の花びらが散る。

伊織とのあいだに沈黙《ちんもく》が流れたが、そこに気まずさはなく、むしろ、車に着くまでのあいだとは言わず、もっとこの時間が長く続けばいいと思うほどだった。


余談だが、スライムの体液は揚羽が思っていたよりも高額で売れ、しばらくはバイトをする必要もなくなってしまった。揚羽は今度から、ペットボトル飲料を買ったら、飲み終わった容器は松次郎のために持って帰ろうと誓《ちか》うのだった。

第二話　人魚の足跡

十一月も上旬。だいぶ冷たい風が吹く季節になったが、建物全体に空調が行き届いている星野《ほしの》家の屋敷では、長袖《ながそで》一枚で充分《じゅうぶん》なくらいの暖かさに包まれている。祖父《そふ》と暮らしていた頃は、冬の暖房器具といえば古びたファンヒーターだけだった。寒ければ厚着をすればいいじゃない、という理論で極寒《ごっかん》の冬を乗り切ったものである。

それがいまではまるで、貴族《きぞく》のような生活だ。慣れって怖《こわ》い。以前の生活には戻れそうもないな、と揚羽《あげは》は溜息《ためいき》をつきながら電気ケトルで沸《わ》かしたお湯をマグカップに注《そそ》いだ。いつもなら飲み物が欲しいと思うまえに、リチャードかディアナが準備をしてくれるのだが、いまは午前九時。吸血鬼《きゅうけつき》で日光に弱い彼らは、まだ就寝《しゅうしん》中だろう。

揚羽が好きに淹《い》れられるようにと準備された紅茶《こうちゃ》のティーバッグをお湯に投入して、リビングルームに移動する。本日は土曜日。面倒なレポートはすべて片づけてしまったので、今日は一日、録画しておいたドラマを観るつもりだ。

「ふんふふーん」

鼻歌交じりにドアを開けると、そこには先客の姿があった。

「あれ、伊織《いおり》さん？」

その声に反応して、一人掛けのソファーに座り新聞を読んでいた伊織が顔をあげた。

「揚羽さん、おはようございます」

「お、おはようございます……」

揚羽は後悔《こうかい》した。どうせ伊織は仕事でいないだろうし、リチャードとディアナも夕方までは姿を見せないと思っていたのだ。そのため格好《かっこう》は、よれよれの白いニットに同じく穿《は》き古《ふる》した黒のスキニータイプのボトムスといった体たらく。顔は洗ったが、髪は適当にとかしただけなので寝癖《ねぐせ》が残っているかもしれない。

しかし、ここでわざとらしくユーターンし、着替えてくるというのも面倒だ。大丈夫、洗濯《せんたく》はしっかりしてもらってるから。朝食のシミがなければ問題なし、と自分に言い聞かせ、揚羽は三人掛けのソファーに座った。

リチャードたちがまだ眠っているということもあって、リビングルームのカーテンは全開になっている。庭に面した窓からは水が張られたプールが見え、どこぞのリゾート地のような雰囲気《ふんいき》を漂《ただよ》わせていた。

「伊織さんも、今日は休み？」

「はい。もともと土曜は休診日《きゅうしんび》だったんです。いままでは引っ越して来たばかりで、地元の方々へのご挨拶《あいさつ》や新規の患者《かんじゃ》さんのカルテの作成などに追われていまして。なにより、日本は固有種《こゆうしゅ》の多い土地ですので、はじめてお目にかかる種族の方も少なくありません。その情報の収集などにもかなり時間がかかりました」

「地元の方ってことは、この街にも人間じゃない種族がいるってことだよね？」

「もちろんです。このあたりは、代々江崎組《えざきぐみ》と呼ばれるモンスター――いえ、日本語で言えば妖怪《ようかい》ですね――の一族の縄張《なわば》りでして。事前の挨拶は必要不可欠なんです。ええと、あれですよ。日本の映画で言うところの、仁義《じんぎ》を切る、というやつです」

「え、それってヤクザじゃん」

物騒《ぶっそう》な単語に、揚羽は持っていたマグカップを落としそうになった。

「いまの暴力団《ぼうりょくだん》とは違いますよ。人に紛《まぎ》れて生きるには、協力が不可欠です。組の傘下《さんか》に入れば様々な制約《せいやく》はありますが、同時に庇護《ひご》も受けられます。制約といっても簡単《かんたん》なもので、〝人間、妖怪にかかわらず他人に危害を加えない〟〝人間に擬態できない種族は、人前に姿を見せない〟あとは……〝もめ事があったら、上役に相談する〟という程度です。庇護については、こちらのメリットのほうが大きいですね。仕事の斡旋《あっせん》や住《す》み処《か》の手配。それに親から生きる術《すべ》を教われなかった方への、現代社会への溶《と》け込《こ》みかたの指導も。昔から続いてきた慣習のようですが、なかなか感心させられるところも多くありました」

「じゃあ、伊織さんたちもその江崎組の傘下に入ったんだ」

「いいえ。挨拶はさせていただきましたが、それだけです。縄張りといっても法的な拘束力《こうそくりょく》はありません。あちらの組長さんも懐《ふところ》の深い方で、面倒事さえ起こさなければ傘下に入る必要はないとおっしゃってくださいましたよ」

「そういうのもありなんだね。でも、納得《なっとく》してない組員さんたちから、嫌がらせされたりしない？」

うえの許可があっても、したが暴走する可能性もある。それに伊織はどう見ても腕《うで》っ節《ぷし》が強いようには思えない。手足が腐《くさ》っているときにうっかり襲《おそ》われたらひとたまりもないだろう。

「ない、とは言い切れませんが、ここは江崎組の縄張りでも外れですからね。中心地でもなければ、それほど目の敵《かたき》にされることもないでしょう。ああ、でも、一つだけ」

そう言って、伊織は急に表情を曇らせた。

「普通《ふつう》は縄張りが隣接すること自体あまりないのですが、となり町にも鬼頭《きとう》組と呼ばれる別の組織が存在します。この二つの組は昔から対立しているようなので、揚羽さんも心に留《と》めておいてください」

「わかった。江崎組と鬼頭組には絶対に近づきません」

「それが賢明《けんめい》ですね」

　君子危うきに近寄らず、である。揚羽はその二つの組の名前を絶対に忘れないよう、頭に刻《きざ》み込んだ。そして、すっかり冷めてしまった紅茶を飲む。

「そう言えば、伊織さんに訊《き》きたかったんだけど」

「なんでしょう？」

「好きな食材のこと」

　こうみえて中学生のときから台所に立っているのだ。手の込んだ料理は難しいが、同世代の女子よりは料理ができるという自信がある。むろん、リチャードには負けるが、そこは愛情《あいじょう》でカバーだ。男は胃袋《いぶくろ》をつかめというではないか。

　しかし、伊織は困《こま》ったような表情を浮かべた。

「その、気分を害されるかもしれませんが……」

「まさかゲテモノ好きとか？」

「いえ、そうではなくて……内臓関係は傷《いた》むのがはやいので、胃や腸《ちょう》は切除してしまったんです。栄養はいつも点滴で補っているため、これといって好物はありません」

　なんということだろうか。伊織にはつかむべき胃袋がなかった。愕然《がくぜん》とする揚羽に、伊織はもうしわけなさそうに眉尻《まゆじり》をさげた。どうりで一度も一緒に食事を取ったことがなかったわけだ、と揚羽は納得した。

しかし、これでは手料理で胃袋をつかむという作戦が叶《かな》わない。揚羽は真剣《しんけん》な眼差《まなざ》しで伊織を見つめた。

「あのね、伊織さん。点滴って手作りできるかな？」

一瞬、表情を固まらせた伊織だったが、すぐにいつもの柔《やわ》らかな笑みを浮かべる。

「……そうですね。おそらくは専門の知識や設備がないと、色々と難しいのではないでしょうか？」

「そうだよね……。せっかく伊織さんに手料理をふるまいたかったのに」

「お気持ちだけで充分ですよ。ふふふ。でも、点滴を手作り……ふ、ふふふ」

堪《こら》えきれずに、といった様子で、伊織は口元を押さえる。しかし、笑いのツボに嵌《は》まってしまったのか、腹を抱えて笑うほどではないが、くすくすと楽しげな声が漏《も》れる。いつもすまし顔の伊織にしては珍《めずら》しい。

「もー、そんなに笑わなくてもいいじゃん」

「もうしわけありません……ふふっ」

どうやら、もうしばらく続きそうだ。

伊織を不満げに睨《にら》んだ揚羽だったが、ふとあることに気づいた。いま、揚羽は伊織と二人きり。いつもそばに控《ひか》えるリチャードの姿はない。これは距離を縮めるチャンスなのでは、と心のなかにいるもう一人の自分が囁《ささや》いた。

手を繫《つな》ぐ――のは、もうすませたので、ここは一気に距離を縮めたいところである。

「ねえ、伊織さん。ちょっとこっちに座って」

「はい？」

不思議そうな表情を浮かべつつも、基本的に優しい伊織は疑うことなく揚羽のとなりにやってきた。しめしめ、と揚羽はほくそ笑む。

「あのね、今度はお願いなんだけど」

「なんでしょう？」

「キス、したいな」

できればもっと可愛《かわい》い格好でお願いしたかったが、背に腹は代えられない。部屋に戻って着替えているあいだに、リチャードがきてしまう可能性もあった。揚羽は至近距離で伊織を見あげる。

「き、ゴホッ」

突然の提案《ていあん》に、伊織がむせる。

「ダメ？」

「しかし、あ、揚羽さんは未成年ですので……」

「許嫁《いいなずけ》なんだからキスくらいセーフだよ。外国では挨拶みたいなものなんでしょう？」

「待ってください。今日はまだ歯磨《はみが》きしていないんです！」

「女子高校生か」

珍しく顔を真《ま》っ赤《か》にする伊織に、揚羽はぐいぐいと迫《せま》る。泣き落としという手もあるが、それは最終手段だ。逃《に》げられないように伊織の膝《ひざ》に手を置き、身を乗りだし気味にしながらさらに畳みかける。

「私とキスするのは嫌？」

「いえ、そういうわけではは、ありません、が……」

あと一押し。揚羽が勝利を確信したときである。

伊織の肩越しに見えるプールに、巨大《きょだい》な魚影《ぎょえい》が躍《おど》った。

「は？」

二メートルはあるだろう。上半身は人間の女性で、下半身が魚だった。エメラルドグリーンの鱗《うろこ》が光に反射《はんしゃ》して、キラリと輝《かがや》く。ぱしゃん、と大きな音をたてて、それはまたプールへと潜《もぐ》っていった。

「あの、やはり一度、歯を磨いてきても――どうかしましたか？」

「に、ににに人魚《にんぎょ》！　いまプールに人魚がいた！」

揚羽は慌《あわ》てて伊織から離れ窓を開けるが、プールには波紋が広がるだけでなんの痕《こん》跡《せき》も見当たらなかった。

「そんな……。でも、確かに人魚が……」

白昼夢《はくちゅうむ》でも見たのだろうか、と疑問に思いつつ振り返ると、伊織がソファーに座ったまま額《ひたい》に手をあてているところだった。

「そうですね。見間違いではありませんよ。揚羽さんが見たというのは、入院している患者さんです。ここのプールは地下の診療所と繋がっているので……はぁ」

溜息をついた伊織は、「お灸《きゅう》を据《す》えなければなりませんね」と言ってソファーから立ちあがった。

「せっかくですので、揚羽さんも来ませんか？」

「人間だけど、私が行ってもいいの？」

それに、伊織は医師だが、揚羽はなんの関係もない一般人である。どんな病気で入院しているのかはわからないが、それ自体、知られることを嫌がる者もいるだろう。

「かまいませんよ。じつはあとでお願いしようと思っていたのですが、今回の患者さんには事情がありまして。手術後に揚羽さんには色々と相談に乗っていただきたいと思っていたのです。その理由は彼女を紹介する際に説明しますね」

せっかく誘ってもらったのだから、断る理由はない。揚羽は、「行く！」と元気よく返事をしたのだった。

地下にある診療所への入り口は、屋敷の裏手にある雑木林と伊織の寝室《しんしつ》の二ヶ所に隠されていた。

伊織の寝室にははじめて入る。ドキドキしながら招かれるまま部屋に入った揚羽は、少しだけ驚《おどろ》いた。

広い室内にあったのは、一台のシングルベッドのみ。そのベッドもシワ一つなく、生活感がまったく感じられない。

「こちらのドアから地下に行けるようになっています」

揚羽の困惑《こんわく》をよそに、伊織はベッドの脇《わき》にあるドアを開けた。そのさきにあったのは窓のない狭《せま》い空間である。電気をつけても薄暗《うすぐら》く、空気もひんやりと冷たい。そこには地下へと続く螺旋《らせん》階段があった。

「足下に気をつけてくださいね」

カンカン、と二人分の靴音だけが吹き抜けの空間に響《ひび》く。一人でここを通ったら怖いだろうな、と揚羽は首をすくめた。

螺旋階段を降りると、そこには鉄製の頑丈《がんじょう》そうなドアがあった。しかし、こちらは厳重なようで、伊織は扉に取りつけられた数字のみのテンキーボードに、素早く暗証番号を入力する。すると、カチリと音がしてドアは自動で開いた。

「さあ――星野医院にようこそ」

伊織の声に後押しされて一歩進めば、そこには病院の待合室と同じ空間が広がっていた。患者用の長椅子《ながいす》が二列。それから壁際《かべぎわ》には予備の丸椅子が積まれている。新築ということもあるが、思っていた以上に綺麗《きれい》だ。

「基本的には予約のみで、緊急時に限り外来を受け入れています」

「医師ってことは、病気や怪我《けが》の治療をしてるんだよね。診察内容は個人病院とおんなじ感じ？」

「どちらかと言いますと、個人よりは総合病院に近いでしょうか。業務内容は多岐《たき》にわたります。病気や怪我にかんしては、人とさほど変わりはないかと。人外でも病気になるときはなりますから。ただ最近は、高血圧と診断される方が多く、降圧剤の需要が増えていますね。これも人間の食生活が豊かになったことで、彼らに紛れて暮らしている方々の食卓も変化したのでしょう。塩分を控えるようにと言っても、頭の固い方々ばかりで」

後半はなにやら愚痴《ぐち》のような感じになってしまった。それは本人も自覚しているようで、ゴホン、とわざとらしく空咳《からせき》をする。

「あとは整形などもおこなっています。もっともこれは、人間社会で生きていくためのもので、目を大きくするとか、鼻を高くするといった美容整形とは、意味が少し違いますね。例えば、耳が尖《とが》っている種族の方の場合。耳の先端部分を切除し、丸みを帯びたラインを作ります。これによって外出時、帽子《ぼうし》を被《かぶ》らなくてもよくなり、それを脱がなくてはいけない場――レストランなどの公共の施設を利用できるようになります」

見た目をより人間に近づけることで、違和感なく社会に溶け込めるようにする――そのための〝整形〟ということなのだろう。

「ここで使用している薬も、私が調合しているんですよ。降圧剤など、人間以外にも使用できるものがあれば取り寄せておりますが」

「話を聞けば聞くほど、伊織さんが万能すぎるんですけど……。あ、ちょっとアレな質問なんだけど、伊織さんてお金持ちだよね。星野医院《こ こ》ってそんなに儲《もう》かってるの?」

これは純粋《じゅんすい》な疑問だった。医師が高給取りなのはわかる。しかし、中古とはいえ、こんな屋敷をポンと買ってしまうほど儲かっているのかと思うと、疑問が残った。そこまで高額な診療代を、はたして患者全員が払えるのだろうか。

「医療保険などの制度は使用できませんから、薬代など、かかった費用に診察代をプラスして請求させていただいていますので、どうしても人が病院にかかったときよりも高い診察料にはなってしまいます。そのあたりは事前に患者さんに説明し、納得していただいてから治療をおこなうようにしております。まあ、緊急の場合は例外ですが。それで、儲かっているかどうかというご質問ですが……」

　チラッと受付わきの掲示板を見た伊織は、狂犬病《きょうけんびょう》の予防接種を推奨《すいしょう》するポスターが曲がっていることに気づき、さりげなく直した。そこには、〝化《ば》け狐《ぎつね》や猫又《ねこまた》のかたはぜひ〟と手作りのポップが貼《は》ってあった。

「一応、黒字ではありますが、それでも高額な医療機器を導入できるほどの収入はありません。実は私、副業として投資をしておりまして。そちらが思いのほか利益をあげているのですが、これといった使い道がないため、利益の大半は医院の機材購入にあてております」

「それで、こんな立派な屋敷も買えたんだね……」

「幸い、一から建設するよりもだいぶ金額は抑えられたので、そのぶんを医院の建設に回せました。ああ、そうだ。もし誰《だれ》かに私の職業を訊かれたときは、医師ではなく、投資家と答えてください。おもてでは、そちらで通しておりますので」

　野薔薇《のばら》には色々と心配をかけているので、あとで伊織の職業について話しておいたほうがいいだろう。それでも、「投資家って、ちょっと不安定な職業すぎるんですけど」と眉を顰《ひそ》められそうな気もするが。

「いまは医師である私しかおりませんが、いずれ看護師《かんごし》などのスタッフも雇《やと》うつもりです。そのときは揚羽さんにも紹介しますね」

「もちろん、それも人外さん？」

「こちらの事情を知っていて意欲のある方であれば、人間でも問題はありませんよ。フィンランドにいたときは、看護師を二人ほど雇っていましたね。リチャードたちとは違い、日本に来ていただくことはできませんでしたが。とくにケンタウロスのミゲルさんは移動自体が難しく――」

「待って。ケンタウロスって、上半身が人間で下半身が馬っていう伝説上の生き物？」

「そのケンタウロスです。あちらでは自然が豊かな場所に診療所を構えていたので、彼も自由に草原を駆《か》け回ることができましたが、こちらではそれも不可能ですからね。ミゲルさんはご家族もおりますし、フィンランドで暮らしていたほうが幸せでしょう」

揚羽は、草原を颯爽《さっそう》と駆け回るケンタウロスを想像した。確かに、こちらでは見た目から外出も憚《はばか》られるうえに、自由に走れる場所もない。

「もう一人は、シルフという風を操《あやつ》ることのできる精霊《せいれい》です。彼女は一族で暮らしているので、そのコミュニティをでることは難しかったでしょうね。精霊は集団での生活を重んじる種族ですから」

海外の人外だけあって、看護師たちもファンタジーだった。ケンタウロスも看護師の制服を着ていたのだろうか、と揚羽はつい想像してしまった。

揚羽が元看護師たちに思いを馳《は》せていると、伊織が「こちらが診察室になります」と言って、ドアを開けなかを見せてくれた。内部はやはり普通の医院の診察室そのもので、伊織用のデスクと椅子、それに患者用の丸椅子、横になって診療するための簡易ベッドと衝立《ついたて》があるだけのシンプルなものだった。

「となりの部屋にはＭＲＩなどの医療機械もあります。とくに、はじめてお目にかかる種族の方は、どこに内臓があるのか、そもそも内臓があるのかもわからない場合もあるため、とても重宝《ちょうほう》しております」

「手術もするんだ」

「はい。といっても、手術を必要とする患者さん自体が少ないので、フィンランドでも年に数えるほどしかおこなっていませんでしたよ。ただ、種族によっては麻酔《ますい》が効《き》きにくい方もいますので、こちらが手術をお断りする場合もありましたね。スライムのようにもともと痛覚がない種族であれば、問題はないのですが」

「松次郎《まつじろう》さんに痛覚があったら、こないだはヤバかったね」

あのときは、消化不良で苦しんでいた松次郎に請《こ》われるがまま、その体内に手を突っ込んでいたが、もしスライムに痛覚があったら大変な騒《さわ》ぎになっていたことだろう。

「痛覚がないと、病気や怪我にも疎《うと》くなってしまいがちなので、いいことではないのですがね。一応、高齢の方には定期的な検診を推奨しているのですが、あまり普及はしていません」

「人間社会でも、ガン検診をもっと普及させようって活動があるけど、行かない人は行かないもんね。うちのお祖父《じい》ちゃんも、町の検診ですら面倒だからって行きたがらなかったよ」

「自分は大丈夫——みなさん、なんの根拠もなくそう思うんですよ。そこは、どちらも等しく同じですね」

医師としての顔を覗《のぞ》かせた伊織は、そう言って困ったように笑った。


地下一階部分を一通り見て回ったあと、伊織に案内され、揚羽は廊下《ろうか》の突きあたりまで進んだ。

「手術室や病棟はこのしたの階になります」

「病棟まであるんだ。よく短期間で工事が終わったね」

「いえ、ここの地下はもともとあったものなんですよ。雑木林に入り口を設置《せっち》したり、部屋の改装《かいそう》をおこなったりはしましたが、一から造ったわけではありません」

「え、そうなの？」

「この屋敷のまえの持ち主は、私営の美術館を経営なさっていて、地下をその保管庫として利用していたそうです。では、病棟に行きましょう」

　透明《とうめい》なガラスのドアの横には、〝関係者以外立ち入り禁止〟との貼り紙があり、伊織はそこでも暗証番号を入力する。来院した患者が、間違って病棟に入らないようにしているらしい。

　ドアのさきは階段で、それを降りると左右にわかれた通路があった。壁には矢印とともにそれぞれ〝病棟〟〝手術室〟の文字が書かれている。右手側が病棟で、左手側の手術室へと向かう通路は一階で見たガラスのドアで仕切られており、そこにはドアに直接、〝関係者以外立ち入り禁止〟の文字が印字されていた。

「病室はすべて個室です。通常のものが三部屋。それから特殊《とくしゅ》な患者さん用のものが一部屋となっています」

「特殊な患者さんて？」

「人魚のように水辺や水中で暮らす方のための病室です」

　こちらですよ、と言って伊織は通路を右に進んですぐの場所にあった部屋のドアをノックした。

「トゥーリさん、星野です」

　伊織が声をかけると、なかから「どうぞー」と若い女性の声で返答があった。ドアを開けたさきにあったのは、室内の半分を占領した巨大な水槽《すいそう》である。幅だけでなく、高さも二メートルはあるだろう。

そのなかを一人の人魚が悠然《ゆうぜん》と泳いでいた。

海藻《かいそう》のように揺《ゆ》れる長い髪は明るめのブラウンで、瞳《ひとみ》はそれよりもオレンジ色に近い。すらりとのびた両腕は適度に日に焼けていて、指のあいだにはエメラルド色の水《みず》搔《か》きがあった。また、手首から肘《ひじ》の部分にかけシルクのように光沢のあるヒレが広がっている。

そして、なによりも目を引きつけられるのが、腰からしただ。

水搔きやヒレと同じような、鮮やかなエメラルドグリーンの鱗。室内の明かりに反射して、ときおり金色に光るのがまた美しい。尾ビレはドレスの裾《すそ》のように幾重《いくえ》にも重なっていた。

さきほどはよく見えなかったが、その容姿も驚くほど美しい。大きな瞳に長い睫毛《まつげ》。気の強そうな太い眉もエキゾチックな雰囲気を漂わせている。

「昼間、プールにでてはいけないと言いましたよね？」

「あら、見られてた？　ごめんなさい。だって、ここは狭くて退屈《たいくつ》なんだもの」

トゥーリと呼ばれた人魚は、水槽の縁《ふち》に肘をついて顔をだした。どうやらこの水槽は、地上にあるプールと繫がっているようだ。

すごい、本物の人魚だ、と揚羽は心のなかでつぶやいた。伊織たちのおかげで、妖怪やモンスターといった人外の生き物たちがいることは理解していたが、いざ実物をまえにするとやはり驚かずにはいられなかった。

「それより、この水着、取っちゃだめ？　窮屈《きゅうくつ》でしかたないんだけど」

これ、と言ってトゥーリが白い水着の肩ヒモ部分を引っ張った。メロンのように大きな胸が、たゆんと揺れる。揚羽はささやかな自分の胸を見て、溜息をつきたくなった。いったいなにを食べれば、あそこまで育つのだろう。

「ダメです。それに人間になったら服を着なくてはなりません。その予行練習だと思ってください」

「え、人間に？」

揚羽がつぶやいたことで、トゥーリの視線《しせん》が揚羽に向けられた。

「誰？」

「こちらは私の許嫁の藤岡《ふじおか》揚羽さんです」

許嫁と紹介された揚羽は、気恥《きは》ずかしさから口元を緩《ゆる》ませた。改めて伊織の口から言われるとうれしいものがある。一方、トゥーリは揚羽のことを値踏《ねぶ》みするような眼差しで眺《なが》めたあと、

「子供じゃない。先生も趣味《しゅみ》悪いわね」

と言った。ずいぶんはっきりとものを言う人魚である。内心でカチンときたが、外

見にかんする悪口はいまにはじまったことではない。とくに学内でも美人だと有名な野薔薇と一緒にいると、不釣《ふつ》りあいだ、引き立て役だ、というような陰口《かげぐち》は散々聞かされてきた。そのぶん、メンタルも強くなるというものだ。

「人の趣味にケチをつけないでいただけます？」

「おまけに口も悪そう」

「その言葉、そっくりそのまま返すから」

伊織の患者ではあるが、売られた喧嘩《けんか》は買わねばならない。見えない火花がバチバチと散った気がした。そういえばすっかり忘れていたが、彼女の気まぐれのせいで伊織と仲を深めるチャンスを棒《ぼう》に振ってしまったのだ。せっかくキスできるチャンスだったのに、と揚羽は恨《うら》みも込めてトゥーリを見返す。

「お二人とも、そのあたりにしてください。トゥーリさんも揚羽さんに失礼なことは言わないように。彼女は、手術後のあなたの先生になるんですから」

「そんなちんちくりんが？」

「トゥーリさん。彼女は私の大切な許嫁ですよ。敬意《けいい》を持って接してください」

笑みを崩《くず》さずに告げた伊織に、トゥーリはびくっと体を震わせた。それから決まりの悪そうな顔をして、「悪かったわ」と小声で謝罪する。

「トゥーリさん。揚羽さんに事情を話しても？」

「いいわよ。先生役を引き受けてくれるんなら、私のことも知っておいてもらったほうがいいもの」

「ありがとうございます。トゥーリさんは明日、下半身の手術を受ける予定なんです。具体的に説明しますと、彼女の下半身を、事前に細胞を採取し培養《ばいよう》して造りだした人間の下半身と取り替えます。その際に、あわせて背中や腕部分にあるヒレの除去もおこないます。正確に言えば、人間に見えるようになるだけで、人間に生まれ変わるわけではありません」

「そうなんだ……って、ええっ！」

一瞬、納得しかけた揚羽だったが、伊織の言葉を脳裏《のうり》で反芻《はんすう》しぎょっとした。

「もちろん、どの種族でもできるわけではありませんよ。人魚という種族が特別、生命力と回復力に優《すぐ》れているからこそ可能なんです。それにトゥーリさんは、ほかの人魚よりも見た目が人に近く、上半身と頭部にあまり手を加える必要がないということも、今回の手術を引き受けた点ですね」

「人魚にも個人差があるのよ」

揚羽が必死に理解しようと努めていると、トゥーリが補足した。

「両腕や腹部、顔の一部に鱗がある子もいるわ。それから、このヒレも。私はまだ少ないほうよ」

そう言って彼女は水中に潜って、両腕にあるヒレを揺らして見せた。

「ヒレは切除すればいいのですが、鱗の多い方は、見える箇所に皮膚移植《ひふいしょく》をおこなわなければなりません。しかも、ある程度、時間がたつとふたたび鱗が生えてくる可能性もあります。度重《たびかさ》なる手術はいくら治癒力《ちゆりょく》に優れているといっても、お勧《すす》めはできません。その場合はお断りしましたね」

「けっこう条件が厳しいんだね」

しかし、それにしても下半身を人間の足と交換《こうかん》するなんて、思い切ったことをするものだ。よほどの理由でもあるのだろうか、と揚羽はトゥーリを見た。その視線に気づいたのか、水槽の縁に顔をだした彼女が意味ありげに笑う。

「愛する人と約束したのよ。人間みたいに歩けるようになって、会いに行くって」

同性でも、思わずドキッとしてしまうくらい、美しい笑みだった。

人魚のシンボルといっても過言ではない下肢《かし》を失ってもいいと思えるほど、トゥーリはその人を深く愛しているらしい。まるで童話の人魚姫みたいだな、と揚羽は思った。

「揚羽さんには手術後、人間の女性としての知識を教えてあげてほしいんです。彼女なりに学んではいるそうですが、おかしなところがないとも限りません。これからは人間の女性として生きていかねばなりませんので、よろしくお願いします」

「私でいいなら引き受けるけど、でも、それならディアナちゃんのほうがいいんじゃないかな……？」

女子力という点では、揚羽はディアナの足下にも及ばないだろう。彼女も人でこそないが、人間の女性としての知識は一人前のように思われる。年齢《ねんれい》は揚羽よりも一つしただと言っていたが、それはあくまでも事情を知らないときに聞いたからで、本当はもっと年齢を経ている可能性もあった。

「――もうしわけございませんが、娘《むすめ》はそのような大役を任せられるような器《うつわ》ではありません」

「ひっ」

いつ病室に入ってきたのか、ドアの脇にたたずむリチャードの姿があった。背中に物差しが入っているのではないかというくらいの見事な直立不動である。

「旦那《だんな》様と揚羽様がご不在《ふざい》でしたので、こちらかと思い様子を見に参りました」

「あら、リチャードさん。今日も素敵ね」

「ありがとうございます」

どうやらトゥーリは、すでにリチャードと面識があるらしい。親しげな様子で話しかけている。

「ディアナにはむりでしょうね。あの子は人見知りですから」

だから話しかけても会話が続かなかったのか、と揚羽は納得した。人見知りならば、トゥーリのように気の強そうな女性の指導は難しいだろう。

「わかった。トゥーリさんが嫌じゃなかったら、私が教えるよ」

「私は先生に色々と教えてもらいたかったのだけど。選択肢《せんたくし》がないみたいだから、あなたでいいわ」

カチンとくる物言いだが、これも伊織の頼みである。それにより人間らしい外見を手に入れたトゥーリと伊織を、それが仕事だとはいえ二人きりにするのは嫌だった。

「では、トゥーリ様。暇《ひま》を持て余しているというのであれば、僭越《せんえつ》ではありますが私めがお相手をいたしますよ」

「あら、そう？　じゃあ、お願いしようかしら」

テレビや雑誌といった、娯楽のない部屋ですごすことに飽きていたらしいトゥーリは、リチャードのもうしでにうれしそうに微笑《ほほえ》んだ。伊織はリチャードに任せればいいと判断したようで、「昼間は絶対にここからでないでくださいね」と念押しするように告げ、揚羽を連れて退室する。

廊下にでるなり、伊織は開口一番にそう言った。

「トゥーリさんが失礼なことを言ってしまい、もうしわけありませんでした」

「伊織さんが謝ることじゃないよ。たぶんだけど、手術を控えて彼女も気が立ってたんじゃないかな」

「おや、気づかれましたか」

　生命力が強いといっても、絶対に手術が成功するという保証はない。伊織が言っていたように合併症《がっぺいしょう》のリスクもあるだろう。トゥーリはそれを承知のうえで手術に同意したのかもしれないが、いくら覚悟《かくご》を決めていても不安は残る。

　廊下を歩きながら揚羽は伊織に訊《たず》ねた。

「さっき人間の下半身を培養したって言ってたけど、そんなことできるの？」

「できますが、移植が可能な種族は限られます。まずは手術に耐えられるだけの体力が必要となりますし、種族によって合併症のリスクも異なります。それに、培養した部位が正常に稼働《かどう》する確率も違ってきますからね。なにより普通では手に入らないような特殊な素材も必要となりますので、培養にかかる費用は高額です。トゥーリさんの場合は、切除した下半身を売却することで、費用をまかなっていただくことになっております。人魚は鱗もそうですが、肉も高額で取引されますからね」

「松次郎さんのときも思ったけど、人外さんは自分の体の一部を売ることに抵抗ないのかな？」

「その方にもよりますよ。松次郎さんやトゥーリさんは、どちらかと言えばドライな性格なので、あまり気にはならないのでしょう。私だったら、スペアがあると言われても自分の腕を売る気にはなれません」

「私も伊織さん派だな」

「それを聞いて安心しました。さて、そろそろうえに戻りましょう」

病棟の廊下を歩きだした伊織に、揚羽も続く。診療所の一階通路を通り抜け、螺旋階段をのぼる。伊織の寝室に辿《たど》り着いたとき、揚羽は疲《つか》れを滲《にじ》ませた溜息をついた。

会ったのはトゥーリだけだったが、なかなか衝撃《しょうげき》的な出会いだった。

「――ん？」

揚羽は室内を見回して、北側の壁にもう一つドアがあることに気づいた。

「伊織さん、こっちのドアは？」

「そこも地下へ続く階段ですよ。さきほど案内した施設とは、診察室の奥にある調剤室とで繋がっています。研究室のような場所でして、ここから直接行けるように別の通路を造りました」

「色んな部屋があるんだね」

研究室に興味《きょうみ》はあったが、揚羽はそれ以上、立ち入ったことは訊かなかった。おそらく調剤室と同じように関係者以外立ち入り禁止だろう。それになにより、ほんの少しだけ、伊織の笑みが強張《こわば》ったように見えたから――。

翌日《よくじつ》。揚羽はリビングルームで落ち着きなく歩き回っていた。録画していた番組を観ようと思ったのだが、まったくといっていいほど頭に入ってこない。

「四時か……。ちょっと長すぎじゃない？」

手術がはじまって、すでに六時間が経過している。予定では、五時間ほどだと伊織は言っていた。なにかアクシデントでもあったのではないかと不安になる。ソファーに座って天井《てんじょう》を睨みつけていると、テーブルにカップが置かれた。

「本日の茶葉《ちゃば》は、アールグレイとなっております」

「……ありがとう」

アールグレイ独特の強い香《かお》りのおかげか、少し気持ちが落ち着いた気がする。紅茶を半分ほど飲むと、ディアナがすかさずお替わりを注《つ》ぎ足してくれた。それをもう一口飲んで、ホッと息を吐《は》く。

「その、さっきも訊い……」

「父から連絡《れんらく》はございません」

台詞《せりふ》を遮《さえぎ》るように抑揚《よくよう》のない声で返され、揚羽は肩を落とした。もう少し優しく言ってくれてもいいのにとは思うが、こうして頃合いを見計らって飲み物を用意してくれるのだ。ありがたいと思わなければならない。

リチャードは伊織の助手として、手術に参加していた。むろん、看護師のような真《ま》似《ね》はできないが、力仕事や必要な器具を伊織に手渡すなどの様々な仕事があるのだという。手術が終わり次第、リチャードが連絡を入れてくれる手筈《てはず》となっていた。

リビングルームになんともいえない沈黙《ちんもく》が降りる。ディアナは揚羽の要望に即座に応えるべく、壁際で待機したままだ。自分の部屋で待っていればいいのだろうが、テレビを観て気を紛らわす以外の方法が見つからないため、リビングルームからでるのも気が進まなかった。

――いや、これは逆にディアナと距離を詰めるチャンスなのでは？

いきなり友達のような関係は難しくとも、それなりに会話を楽しめる関係くらいにまで進展できるかもしれない。

「ディアナちゃんて、日本語が上手《じょうず》だよね。誰に習ったの？」

「父です。伊織様から、いずれ日本に住むことになるので、日本語を英語やフィンランド語と同じくらい流暢《りゅうちょう》に会話できるよう、勉強しておくように命じられました」

一息《ひといき》に答えると、ディアナはまた沈黙する。一応、質問すれば答えてはくれるようだ。揚羽はめげずに質問を続けた。

「リチャードさんも日本語が上手だよね」

「はい」

「えーと、ディアナちゃんは国産牛の血が好きなんだよね。どの地域の牛が一番好きとかってある？」

「地域の牛、ですか？」

不思議そうに首を傾《かし》げるディアナに、揚羽も首を捻《ひね》った。それほど難しい質問をしたつもりはないのだが、ディアナは答えに窮したように黙り込んでしまう。

「食事用の血は、誰が用意してるの？」

「いつも父が注文しております」

「もしかして、血の味はいつも同じだった？」

「はい」

どうやらリチャードは、フィンランドでも日本でもずっと同じ産地から食料を仕入れ続けていたようだ。

「私も詳しくはわからないけど、産地によって肉の味がぜんぜん違うらしいよ。脂《あぶら》身《み》が美味《おい》しかったり、赤身が美味しかったり。だから血の風味も違うんじゃないかな」

「父が取り寄せたパッケージには、国産交雑牛とラベルが貼ってありました」

「うちでもたまに食べてたやつじゃん！」

いや、充分に美味しかったが、もっといい牛を取り寄せようよ、と揚羽は心のなかでリチャードにツッコんだ。いや、でも、と揚羽は考え直した。毎日大量に消費するのであれば、できるだけコストを抑えたいという気持ちもわかる。

「血って、一日にどれくらい必要なの？」

「揚羽様のまえに置いてあるカップでしたら、二杯程度です」

テーブルに置いてあるのは、揚羽が愛用する飲み物がたっぷり入るマグカップではなく、あくまでも見た目重視の高価なティーカップだ。当然、入る量も限られる。

「……すごく小食なんだね」

「父は一杯で充分だと言います」

「だったら、もうちょっと高価な牛を買おうよ……」

どれも同じ味に感じるというのならばまだしも、ディアナが目を輝かせるほどなのである。他人の家の財布《さいふ》なので強くは言えないが、毎日美味しい食事を提供してもらっている手前、ディアナたちにも美味しいと思えるような食事をしてほしかった。

「父に相談してみます」

頬《ほお》を染め、どことなくそわそわするディアナは、年齢よりもだいぶ幼《おさな》く見えた。好物から攻めるのが有効そうだな、と揚羽は心にメモする。

「ちなみに、吸血鬼って血以外に食べられるものはある？」

「液体であれば可能ですが、血液以外で栄養を取ることは不可能です。血液であれば人間を含《ふく》め、どのような動物——もちろん、人外の方でも摂取することはできます」

「固形物はむりなんだ」

「はい。伊織様がおっしゃるには、私たち吸血鬼は人よりも消化器官が弱く、固形物を摂取した場合は消化不良で具合が悪くなってしまうそうです。ゼリーのように水分を固めたものであれば食すことも可能ですが、おかゆのように元々固形であった食材は消化できたとしても胃もたれすることが多いと聞きます」

消化する必要がないのであれば、それが発達しないのも頷《うなず》ける。見た目は人と変わらないのに、日差しに弱いなど、本当に人間とは違う生き物のようだ。一緒に暮らしているが、自分はその認識が甘《あま》かった気がする、と揚羽は反省した。

そのうえで、リチャードとディアナの起床時間をきちんと把握《はあく》し、その時間になったら自室といえどもカーテンはきっちり閉めるようにしよう——そう心に決めたのだった。

「……揚羽様。父が戻って来たようです」

不意にディアナはリビングルームのドアを振り返った。すると数秒後、そのドアが音もなく開かれ、少しくたびれた様子のリチャードが姿をあらわした。

「お疲れさまです、リチャードさん。その、手術は」

「無事に成功いたしました」

その言葉に揚羽は安堵《あんど》の息をついた。しかし、なぜかリチャードの顔色は優れない。
「ただ、痛み止めの効きが想定よりも悪く、旦那様がつきっきりで対応にあたってい
る最中でございます」
「それって、ものすごく痛いんじゃ」
「はい。トゥーリ様も痛みで意識が朦朧《もうろう》となり、無意識に暴《あば》れだしてしまうので、現
在はベッドに拘束された状態です」
「じゃあ、麻酔は？　意識がなくなれば……」
しかし、リチャードは残念《ざんねん》そうに首を横に振った。
「そもそも使用されている麻酔の量は、すでに人間に投与できる量をはるかに超えて
いるのです。これ以上は、いくら人魚といえど身体《からだ》に影響がでかねません。痛み止め
が効かないこと、それにともなう身体の拘束につきましても、事前にトゥーリ様から
許可をいただいております」
「……そのリスクを承知のうえで、トゥーリは手術に同意したってこと、か」
約束したのだと、彼女は語っていた。
ようやく願いが叶うと、とてもうれしそうに。
トゥーリの覚悟を理解していたようで、少しもわかっていなかった。だって下半身
を切り離しただけではなく、上半身にあるヒレや水掻きも除去したのだ。きっと全身

を襲う痛みは想像を絶するだろう。

「人魚の治癒力は、人とは比べものになりません。痛みも明日《あす》になればだいぶ落ち着いてくるはずだと、旦那様もおっしゃっておりました。それでは、揚羽様。もうしわけございませんが、私は旦那様のもとに戻ります」

リチャードは深く一礼したあと、ディアナを無言で一瞥《いちべつ》する。それに応じるように、ディアナもより背筋《せすじ》を真《ま》っ直《す》ぐにのばす。口の端をわずかに緩め、「では、失礼いたします」と言ってリチャードはリビングルームをあとにした。

「揚羽様。紅茶のお替わりはいかがでしょうか？」

「お願いします……」

返事をしつつ、揚羽は糸が切れたようにソファーに座り込んだ。リチャードの口振りでは、きっと伊織は明日まで屋敷には戻って来ないかもしれない。自分の口で、「お疲れさまでした」とねぎらいの言葉をかけたかったが、あきらめるしかなさそうだ。

揚羽がトゥーリに面会できたのは、手術から三日がたった水曜日のことだった。大学から帰宅《きたく》後、トゥーリが揚羽に会いたがっていると伊織に言われ、夕飯《ゆうはん》もそこそこに病室へと向かう。

　病室には前回とは違い、水槽はなかった。代わりに一台のベッドが置かれ、そこにトゥーリが横たわっていた。毛布をかけていなかったので、白いパジャマの裾からのびる足がよく見えた。上着から覗く手や首筋にも包帯が巻かれ、見ているだけで痛々しい。癖の強い髪は、顔のサイドで二つに結《ゆ》われていた。

　伊織はまだ仕事が残っているので、と言って病室をでて行ってしまう。ディアナが廊下で待機してくれているが、室内は揚羽とトゥーリの二人きりだ。

「……具合はどう？」

「最悪よ」

　意外と元気そうな声である。しかし、顔色は悪く、頬もかなりやつれている。あまり眠れていないのか、目のしたには隈《くま》が浮かんでいた。

　揚羽は壁際にあったパイプ椅子を持ってきて、そこに座る。

「息をするだけで痛いわ。だから気を紛らわしたいの。なにか面白いことを話して」

「もしかして、だから私を呼んだの？」

「そうよ。伊織先生は忙《いそが》しいし、リチャードさんはただでさえリハビリにつきあってくれているから、これ以上お仕事の邪魔《じゃま》をしたくないの。あなたは暇でしょう？」

　うえから目線の物言いにカチンときたが、トゥーリの土気色《つちけいろ》の顔をまえにすると、その怒りも萎《しぼ》んでしまう。苦しげに胸を上下させ、ときおり痛みを堪えるかのように眉間《みけん》にシワを寄せている。

「面白いことって言ってもなぁ……」

「伊織先生との惚気《のろけ》話でもいいわよ。いまなら特別に聞いたげる。二人はどこまで進んでるの？」

「手は繫いだ」

「稚魚《ちぎょ》のオママゴト？」

「こないだはじめてキスしようとしたら、トゥーリに邪魔されたんですけど」

「あー、あのときね。でも、キスもまだなんて、あなたたち本当に許嫁？」

「百パーセント許嫁です！」

「怒鳴《どな》んないでよ。傷に響くじゃない」

だったら煽《あお》るようなことを言わなければいいのに、と揚羽はふて腐れた。トゥーリは堪えるように歯を食いしばって、痛みの波をやりすごす。いつのまにか額には玉のような汗が浮かんでいた。揚羽はベッドヘッドにあったタオルで、その汗を丁寧《ていねい》に拭《ふ》く。

「ありがとう。お礼にアドバイスをあげるわ。全裸《ぜんら》で伊織先生のベッドに入ればいいのよ。〝女に恥《はじ》をかかせないで〟って言えば、大抵は大丈夫」

「そ、そんなことできるわけないでしょ!」

「だから、ちっとも進展しないのよ」

「私たちはゆっくり進んでいくから、問題ありません」

「あらあら。顔が真っ赤っか」

「うるさい」

ここに伊織がいなくて本当によかった、と揚羽は心の底から安堵した。額の汗を乱暴に拭きたくなるが、そこは必死に自分を押し留《とど》める。

「でも、肉体的接触《せっしょく》は有効よ、って、そういう意味じゃないから睨まないでよ。手に触れるだけでもいいし、熱を測る振りをして額や頬に触れるのもお勧め。ええと、スキンシップって言うのかしら? 伊織先生と揚羽を見てると、まだまだ壁があるように見えるのよね。だから、まずはその壁を薄くすることからはじめなさい。私は面倒臭《くさ》がりだから一気に破壊する派だけど」

意外と真面目《まじめ》なアドバイスに、揚羽はついでに首筋の汗も拭こうとしていた手を止めた。

「伊織先生にも恩があるからね。あの人が幸せになれるのであれば、アドバイスくらいタダでしてあげるわよ。伊織先生に手術を断られたら、彼との約束を守れないところだったから」

「ほかの医者に頼めなかったの？」

「こっちの世界では、医者自体が珍しいのよ。だいたいはその種族に数名、病気や怪我に詳しいのがいて、ほとんどは民間療法の治療だけ。どんな種族でも診察可能な医者なんて、数えるほどじゃないかしら。っていうか、揚羽は知らないの？　伊織先生は有名なお医者様なのよ。伊織先生に診《み》てもらうためにわざわざフィンランドに行く患者だっているくらいなんだから」

「そんな有名な先生だなんて、知らなかった」

そもそも許嫁の職業――種族もだが――を知ったこと自体、最近なのだ。伊織の医師としての名声など、知るはずもないだろう。

「よくそれで、許嫁だなんて言えるわね。もっと積極的にいきなさいよ」

「ちょっとずつ壁を薄くしていけばいいって言ったじゃん」

「私の言う〝ちょっと〟とあなたの言う〝ちょっと〟じゃ、大きな差があるように思えてならないわ。だいいち、揚羽には絶望的に色気がたりないのよ。水槽から見たときも思ったけど、ちんちくりんで胸もないし、服装《ふくそう》もダサい。これで鱗が綺麗ならまだ救いはあったけど、揚羽は人間だからそれもダメ。もっと外見にも気合いを入れたほうがいいと思うわ」

人のコンプレックスを的確にえぐってくるトゥーリに、揚羽はなにも言えずベッドに突っ伏《ぷ》した。一つだけ反論するとすれば、あの日はたまたまラフな格好をしていただけで、普段はもうちょっとマシな格好をしているのだ。たぶん。

「それに——あ、もうこんな時間じゃない」

トゥーリが壁掛け時計を見て、嫌そうに顔を顰《しか》めた。時刻《じこく》は午後七時。なんだろうと思っていると、トゥーリが呻《うめ》きながら体を起こした。それに揚羽は、慌ててその上半身をベッドに押し戻そうとする。

「動いちゃダメだって！」

「これもリハビリの一環《いっかん》なのよ。二時間に一回、体を起こして立ちあがらなきゃいけないの。そうしないと血流が悪くなって、せっかくの足がダメになっちゃうんですって」

「じゃあ、私が支えになるから」

揚羽はトゥーリの腕を自分の肩に回させた。荒い息を吐きながら、トゥーリは自分の足でベッドから立ちあがる。

「……やだ、揚羽ったら想像以上に小さいのね」

「トゥーリの足が無駄に長いんですー」

嫌みなのに嫌みになっていないのが悔しい。百五十センチの揚羽に対し、トゥーリはどう低く見積もっても百六十センチ後半はありそうだ。

「最低でも五分は立つように言われてる。それに、リハビリじゃないからむりに歩かなくてもいいけど、できるなら歩いてほしいって」

「……歩けそう？」

「支えが心許《こころもと》ないけど、頑張ってみるわ」

「いちいちディスらないでよ」

「なにそれ、どういう意味？」

「いちいち貶《けな》さないでくれませんかー」

「私は本当のことしか言ってないわ」

「手伝ってあげてるのに、すっごい理不尽《りふじん》」

　トゥーリの両腕を自分の肩に回させ、揚羽は半歩ほどうしろにさがった。トゥーリは痛みを堪えながら足を動かそうとしているのだが、なかなかはじめの一歩が踏みだせない。額には玉のような汗が浮かび、呼吸も荒くなってきている。ベッドに横たわっているよりも、強い痛みが体内を駆け巡《めぐ》っているのだろう。

「一旦《いったん》、ベッドに戻ろう」

「……いい。このままもう少し頑張る」

　ゆっくりとだが、トゥーリは右足を持ちあげた。そして、歯を食いしばりながら、足をまえに降ろす。次は左足だ。一歩、一歩と時間をかけながら、それでも確実に進んでいく。一メートルは進んだだろうか。「もう、むり」と言ってトゥーリはギブアップを宣言した。揚羽はディアナを呼んで、細心の注意を払いながら彼女をベッドに寝かせる。ディアナは「新しいタオルを持ってまいります」と言って、部屋をでて行った。

「大丈夫？」

「辛《つら》いけど、精神的には平気。むしろうれしくてしかたないわ」

荒い息をつきながら、トゥーリは笑みを浮かべた。

「だって私、歩いてるのよ。信じられる？」

もしも痛みがなかったら、いますぐにでも踊りだしてしまいそうなくらい弾《はず》んだ声で彼女は続ける。

「リハビリが終わったら、あの人に会いに行ける。そのためだったら、こんな痛みへ、でもないわ」

ディアナが持ってきてくれたタオルは、熱湯に浸したものを絞《しぼ》ったようで熱々だった。それでトゥーリの顔や首筋を拭くと、気持ちよさそうに目を細める。

「もう少し、もう少しで……」

しばらくなにも言わずにいると、小さな寝息が聞こえてきた。痛みはあるが、それでも眠れるくらいには回復してきたらしい。できればパジャマを交換してあげたかったが、やっと訪れた眠りを妨《さまた》げたくはなかった。そうでなくても、二時間後にはまた起きなければならないのだから。

「伊織さんに報告して、うちに戻ろっか」

揚羽はディアナを促《うなが》して、病室からでた。会いたいと思えばすぐに会えることを当然だと思ってはいけない。それはとても幸運なことなのだと、揚羽は実感したのだった。


本日の最低気温は十度。北海道《ほっかいどう》や東北の山間部では大雪になるらしい。どうりで冷えるわけだと、揚羽は大学の講堂をでたところで空を見あげた。いまのところ雲一つない真っ青な空が広がっているが、今日の夜半から雨になるとのことだった。

「寒っ」

いままで暖かい場所にいたため、空気の冷たさが余計に身に染みる。デニムにベージュのセーターを着て、グレーの薄手のコートを羽織《はお》っていた揚羽は、せめてマフラーを持ってくるんだったと後悔した。

今日は会社員だけでなく、学生にとっても花の金曜日。土日の休日が待っているわけだが、おそらくはそのどちらもトゥーリのリハビリで潰《つぶ》れるのだろうな、と揚羽は溜息をついた。

手術から五日がたった。痛みはだいぶ引いたようで、トゥーリは支えなしでベッドから立ちあがれるまでに回復した。それにともないリハビリも本格化したのだが……。

「また、癇癪《かんしゃく》起こしてないといいけど……」

なんでうまく歩けないのよ、と怒声をあげるトゥーリが脳裏に浮かんだ。

歩く、という行為が、彼女にはとても難しかったのだ。立つことはできるが、歩行器具なしで歩くことは難しく、少し進んではバランスを崩して座り込むということを繰り返している。

伊織もリハビリにはつきあっていたが、つきっきりで指導することはできない。仕事があるときは、リチャードがつきそうようにしていたが、彼にも屋敷での仕事がある。そこで手が空《す》いていた揚羽も、トゥーリのリハビリにつきあうことになったのだった。

人魚が歩くことの難しさを伊織も失念していたようで、ここまでリハビリに手がかかるのであれば、むりをしてでも看護師を雇っておくべきだったと反省していた。そんな風に思いを馳せていたとき、声をかけられた。

「あ、藤岡。ここにいたんだ！」

振り返ると、さきほどまでおなじ講義を受けていた江崎雪生《ゆきお》が、こちらに向かって手を振っていた。

チャコールグレーのカーゴパンツにデニム生地のジャケットを着た雪生は、揚羽とおなじように「寒っ」と言って首を亀《かめ》のように縮こまらせた。

「今週の土曜、登山部で飲み会があるんだけど、藤岡はどうする？」

「あー……」

二学期に入り、揚羽はおなじ学部の先輩《せんぱい》から、「サークルか部活には入っておいたほうがいいよ。就職《しゅうしょく》の面接でアピールにもなるから」と言われていたので、それほど活動回数がなく、なおかつ体を動かすことのできそうな部活に狙《ねら》いを絞った。そのなかで気になったのが登山部である。

登山の回数も月に一、二度ほどで、閉山となる時季の登山は基本的におこなっていない。それも近隣の山が中心で、泊まりがけでの登山は夏休みのみ。部員数は全体で十五名。一年生は三名だけだった。

十月の終わり頃に入部届を提出し、一度、顔合わせの飲み会にでた以外、揚羽は登山部としての活動に参加したことはなかった。もっとも、その大半は飲み会で、本格的な活動は来年の春以降だろうと聞いている。

雪生も登山部の部員で、おなじ教育学部ということもあり、最近よく話すようになった相手だ。

「何時から？」

「夜の七時、駅前の小春亭《こはるてい》集合」

「じゃあ、パス。まだ未成年だから、居酒屋系はちょっとね」

「遅《おそ》くなったら、送って行くけど？」

「大丈夫。気遣《きづか》ってくれて、ありがとう」

面倒見がいい雪生は、途中《とちゅう》から入部してきた揚羽のことを気にかけてくれているらしい。身長は百七十センチほど。短めにカットされた髪と未《いま》だに日焼けが残る褐色の肌から、サッカー部か野球部に入っていそうなイメージがある。目鼻立ちのはっきりとした容姿と明るい性格から、男女問わずに人気のある人物だった。

すでに何回か登山にも参加しているようで、必要な装備やあれば便利な物などをあれこれレクチャーしてくれるのもありがたかった。

「そういえばさ、お土産《みやげ》ありがとな」

お土産、と言われて揚羽は首を捻ったが、もしかしたら、あれのことかな、と心当たりを思いだした。

途中から入部したこともあって、たまたま駅前のデパートでやっていた催事場《さいじじょう》で購入した銘菓《めいか》を、登山部の部室に差し入れたのだ。そのとき雪生はいなかったので、もしかしたらパッケージだけを見て旅行のお土産かと勘違《かんちが》いしたのかもしれない。わざわざ訂正するのも面倒なので、揚羽は、「そんなことないよ」と言うだけに留めた。

「藤岡って、好きな映画とかある？」

「映画かー。しいて言うなら、アクション系かな」

そもそも映画館に行って観るほどの興味はなく、地上波で放送された際に観る程度である。伊織はどうだろうか。もし興味があると言われたら、デートに誘ってみるのも手かもしれない。あまり好みではない恋愛系《れんあい》も、伊織とだったら最後まで楽しく観られる気がする。さすがにホラー系は悩《なや》むところではあるが。

「そうなのか！　俺もアクション映画は好きなんだ。よかったら、お礼に、来週から公開する映画のチケットがあるんだけど——」

「あっれー、揚羽いま帰り？」

ここでニヤニヤしながら近づいて来たのは、親友の野薔薇だった。今日は長い髪をお団子《だんご》にして、薄手の黒のロングコートに黒のボトムス、それにスカーフまで真っ黒だ。それでも重たい印象にならず、むしろ格好よさが強調されるのは、着こなしかたとスタイルがいいからだろう。揚羽には絶対に似合わない服装である。

「野薔薇ちゃんも、今日はもう終わり？」

「うん、帰るとこ。今日はバイトがないからね。代わりにレポートが山のようにあるけど」

「じゃあ、途中までは一緒だ」

「久しぶりに一緒に帰ろうよ。あ、江崎はバイクだから、ここでバイバイだね」

野薔薇はそう言って、雪生に向かい手を振って見せる。なぜか、少しだけ肩を落とした雪生は、「……うん、そうだな。じゃあ、また明日《あした》」と言って行ってしまった。

「明日は土曜で休みだっつーの」

揚羽は野薔薇と並んで歩きだした。時刻は四時半。すでに日は傾きはじめているので、帰宅する頃には真っ暗になっているだろう。

「そう言えば、江崎には恋人がいること教えた？」

「訊かれてないから、なにも言ってないよ」

「じゃあ、今度さりげなく言っときな。教えてやるのも慈悲《じひ》だ」

「慈悲って、どういうこと？　でもさ、なんかわざわざ自分から言うのも恥ずかしいんだけど……」

そもそも、それほど親しいわけでもないのに、なぜそんなことを言わなければならないのか。それをそのまま野薔薇に告げると、「江崎……哀《あわ》れな奴《やつ》め」とつぶやいた。

「まあねぇ……うーん、揚羽に好きな人がいなかったら、わりとお勧めな奴なんだけど」

「野薔薇ちゃん、さっきからなに？　あと、江崎君とそんなに親しかったっけ？」

「小中と一緒。あいつの家は名家なうえにお金持ちだから、けっこう有名でさ。それに七人兄弟の末っ子なんだよね。うえに六人の兄と姉がいるらしいよ」

「すごい。大家族なんだ……ん？」

――江崎。

そう言えば最近、その苗字《みょうじ》をどこかで聞いた気がする。

〝――鬼頭組と江崎組は昔から対立しているようなので、揚羽さんも心に留めておいてください〟

いや、まさかね、と揚羽は脳裏をよぎった考えを否定した。

「どうかした？」

「なんでもない。それより、ちょっとコンビニに寄っていい？」

吹きつける風に髪を押さえながら、揚羽は最寄《もよ》りのバス停まえにあるコンビニへと向かったのだった。

「……爪《つめ》がベタベタして気持ち悪い。それになにか臭いし」

塗《ぬ》ったばかりのマニキュアを眺め、不満げにつぶやいたのはトゥーリだった。ピンク色のマニキュアは昨日、大学近くのコンビニで買ってきたばかりの新品である。

「乾《かわ》いたら違和感もなくなるから、我慢《がまん》して」

「ふーん。色は綺麗ね。でも、雑誌で見たスワロフスキーがあしらわれた、もっと派《は》手《で》なのがしてみたいわ」

「素人《しろうと》にプロの技術を求めないでよ」

リビングルームの三人掛けのソファーに向かいあわせる形で座っていた揚羽は、マニキュアの蓋《ふた》を閉めながら、トゥーリをしげしげと眺めた。

ざっくりとしたホワイトニットのセーターに、ミモレ丈のフレアスカート。色はパステルカラーのグリーンだ。明るめの髪はもともと癖が強いようで、わざわざコテで巻く必要がないくらい綺麗にカールしている。化粧《けしょう》も地顔が派手なので控え目で充分だ。

どこからどう見ても、文句なしの美女である。

外見の年齢は二十歳《はたち》をすぎたくらいだが、服装や化粧を変えればもっと幅を持たせることも可能だろう。スカートからすらりとのびた足は、まるではじめからそこにあったかのようにトゥーリに馴染《なじ》んでいる。

今日はまだリハビリの最中だが、少しは息抜きも必要だろうと伊織が「実地でオシャレを学んでください」と言って、トゥーリ用の衣服と化粧品を一式準備してくれたのである。揚羽も気分転換にマニキュアを塗ってあげようと思っていたのだが、残念なことに規模が違った。

伊織から贈られたものと聞くとなにやらモヤモヤするが、それくらいでヘソを曲げるのも大人げないため、揚羽はしかたなく嫉妬心《しっとしん》を心の奥底《おくそこ》深くに閉じ込めた。

病室で着替えするのも味気ないため、揚羽は伊織に頼んで特別に星野家のリビングルームにトゥーリを連れてきてもらったのだった。

「顔もベタベタ。話には聞いてたけど、人間の女ってよくこんなことするわね」

「私もあんまり好きじゃないけど、慣れだと思うよ。って、足を開かない」

がばっと開いた膝を指摘《してき》すれば、トゥーリは渋々《しぶしぶ》足を揃《そろ》えた。両足の感覚にだいぶ慣れたとはいえ、気を抜くと膝が開いてしまうらしい。

「人間て面倒ね。ルールもたくさんあって、覚えきれない」

トゥーリはもともと日本語は話せるが、文字は人間の恋人から教えてもらったのだそうだ。街中の文字を読んで理解できるのとできないのとでは、生活していくうえでの自由度があきらかに違ってくる。

「恋人さんにその都度《つど》、教えてもらったらいいでしょ」

「あの人、教えるのが下手《へた》なのよ。揚羽のほうが、まだマシ」

トゥーリは憎まれ口を叩《たた》くが、揚羽もここ数日で慣れてしまった。これでトゥーリが本当に性根《しょうね》が腐ったような性格であれば、また対応も違ったのだが、痛みを堪えて必死にリハビリに励《はげ》む姿を見てしまったら、憎まれ口くらいなら別にいいか、という気持ちになってしまったのだ。

「はいはい。また足、開いてるよ」

「もう！　いっそヒモで結んじゃダメ？」

「ダメです」

トゥーリはフラットタイプのパンプスを脱ぎ捨てて、ソファーのうえに足を載《の》せた。

これなら文句の言いようがないだろう、と挑発的《ちょうはつてき》な表情で揚羽を見るが、残念なことにスカートの裾がめくれ下着が丸見えである。揚羽はそれを無言で直してやった。

「はぁ……。人魚だった頃は楽でよかったわ」

「そう言えば、人魚ってどこで暮らしてるの？」

「無人島の岩礁《がんしょう》とか、海底洞窟《どうくつ》とかで集団で暮らしてるわ」

「結婚したらでて行くとか、そういうのもないんだ」

「結婚もなにも、人魚に男はいないわよ」

女だけ、とトゥーリは言った。確かに、人魚と言われると、どうしても女性のイメージが強い。絵画に描かれるのも、その大半が女の人魚だ。それはあくまでも船乗りを誘惑《ゆうわく》するから女性が多いだけであって、実際には男性もいるのではと思っていたが、どうやら違ったらしい。

「え、じゃあ、子供は――」

「人間の男を誑《たぶら》かして、子種だけもらうのよ。オスだったらほかの種族でもいいみたいだけど、昔から人間のほうが人口が多かったから。ちょっと浜辺に行けばすぐに見つかるし、海から上半身をだして誘えば、わりとほいほい釣れるわよ」

「それでよく、人魚がいたって話題にならなかったね」

「私たちは長命だけど、そんな頻繁《ひんぱん》に子供を産まないもの。だから、男を誘う頻度《ひんど》も少ないのよ。それに人魚に子種を搾《しぼ》り取られたと言って、信じる人間がいるかしら？」

「いない、ね」

夢を見たのだろうと言われてお終《しま》いな気がする。揚羽は、じっとトゥーリを見つめた。

「トゥーリって何歳《なんさい》？」

「さあ？　面倒臭くて数えるの忘れちゃった。それより、そろそろリハビリしたいから手伝って。彼に会いに行くときは、昨日テレビで観たファッションショーのモデルみたいに、颯爽と歩いて登場したいの」

あのレベルになるためには、相当のレッスンが必要になりそうだが、あえて本人のやる気に水を差す必要はないだろう。

パンプスを履《は》きなおし、トゥーリはソファーから立ちあがった。そして、ランウェイを颯爽と歩くモデルの真似をして――数歩も行かずに転んだ。

「まずは普通に歩くことが大事だと思うよ」

「体が！　重い！」

「水中じゃないからね。もしかしたら、筋トレしたほうがいいかも」

トゥーリに手を貸して、抱き起こすように体を抱える。身長はあきらかにトゥーリのほうが高いので、傍目《はため》ではトゥーリが揚羽に抱きついているように見えるだろう。

「ほら、支えてあげるから、しっかり立ってみて……って、こっちに重心をかけすぎっ。重いって！」

「揚羽がチビだから悪いのよ」

「チビって言うな！」

猛然と抗議《こうぎ》していると、リビングルームのドアが開いてトレイを持ったディアナが入ってきた。どうやら、飲み物を淹れてきてくれたようだ。いつもならばまだ眠っている時間帯らしいが、今日はトゥーリが屋敷のほうへ来るということで、むりをして早起きしてくれたらしい。リチャードは伊織の手伝いをしている。

いつもならカップとソーサーをテーブルに置くとすぐに退出してしまうディアナだったが、今日は違った。揚羽とトゥーリを視界に入れるやいなや、わずかにだが眉間にシワを寄せる。

「トゥーリ様。揚羽様が困っておられますので、速《すみ》やかに離れてください」

「えぇー、別に困ってないわよね、揚羽」

「いや、めっちゃ重いんですけど」

テーブルにトレイを置いたディアナは、トゥーリの腕をつかんだ。そして、無言でトゥーリを睨みつける。普段から顔色ひとつ変えないディアナなのに、じつに珍しい光景である。

「ふうん。吸血鬼が馬鹿力《ばかぢから》って本当なのね」

「お褒《ほ》めにあずかり光栄です」

「でも、人魚だって握力《あくりょく》には自信があるのよ。なんたって、男を海に引きずり込むくらいだからね」

負けじとトゥーリもディアナの腕をつかんで、ギリギリと力を込めはじめた。二人のあいだに挟《はさ》まれる格好となった揚羽は、混乱するしかない。私のために争わないで、と叫ぶべきだろうか。

そのとき、天の助けとばかりに玄関《げんかん》のインターホンが鳴り響いた。

「あっ、私、見てくるね」

いまは怪しい宗教の勧誘だってありがたい。午後とはいえ、まだ日中なのでディアナは応対にでられないだろう。

二人のあいだから抜けだして、揚羽は玄関ホールへと向かった。「どちら様ですか」と言って扉を開けると、そこには見知らぬ若い男が立っていた。

迷彩柄のボトムスに黒のジャケット。短めの髪は三毛猫《みけねこ》のようにまだらな黒とオレンジで、そういうヘアスタイルなのか、右サイドだけ刈《か》りあげられていた。そして、右耳にだけ輪っかタイプのピアスがルーズリーフのようにずらりと並んでいる。身長は百七十センチよりもやや高く、細身だ。

容姿はどちらかといえば、整っているほうだろう。猫のようにギラギラとした目が、揚羽を見て線のように細められた。

「ここに、トゥーリって女がいるだろ」

睨みつけられるが、揚羽は必死で恐怖心を押し込んだ。叫び声をあげてトゥーリがでて来たら大変だ。

「……どちら様でしょう？」

「しらばっくれても無駄だぞ。ここであの女が手術を受けたことも知ってる。痛い目に遭《あ》いたくなかったら、さっさと本人を差しだすんだな」

「少しお待ちください。いま、旦那様に確認して参ります」

それだけを告げ、扉を閉めようとした——が、足で止められ阻止《そし》されてしまう。しかたなく、揚羽は平静《へいせい》を装《よそお》ってそのままリビングルームへと戻った。幸い、相手は玄関ホールに留まっている。

リビングルームでは、未だにディァアナとトゥーリの根比《こんくら》べが繰り広げられていた。

急いでトゥーリに確認する。

「髪をまだらなオレンジに染めた、チンピラみたいな男に心当たりは？」

「たぶん喜助《きすけ》っていう猫又の便利屋ね。海からここまでの移動を手伝ってもらったの」

「そのとき、トラブルにならなかった？」

「そうねぇ……。結婚してほしいって言われたけど、断ったくらいかしら。でも、彼はいい猫又よ。好意でここまで運んできてくれたし、プレゼントもたくさんくれたわ。お金が必要だから、全部換金しちゃったけど」

「貢《みつ》がせてポイ捨てしたようなもんじゃん！」

「別に私、欲しいなんて一言も言ってないけど。それがどうかした？」

あっけらかんと告げるトゥーリに揚羽は頭を抱えたくなった。本人にはまったく悪気がなかったらしい。

「その猫又さんが、トゥーリをだせって乗り込んで来てるの！　とりあえず、トゥーリは隠れよう。伊織さんに連絡して、どうにか穏便《おんびん》に引き取ってもらえるように――」

「揚羽様、おさがりください」

警戒するようなディアナの声に顔をあげれば、リビングルームのドアが開いていて、そこにはさきほどの男――喜助が立っていた。

「会いたかったぜぇ、トゥーリ」

「あら、うれしい。それで、私になにかご用？」

「あれこれ貢いだんだ、約束通り俺《おれ》と結婚してもらうぞ」

「貢いだ？　勝手に贈ってきただけでしょう。それに私、約束なんてしてないわ。自分勝手な男って嫌いなの」

「生意気な口をきけるのもいまのうちだけだ――行け、野郎ども！」

喜助のかけ声とともにあらわれたのは、五匹の猫だった。一瞬、身構えた揚羽だったが、そのほのぼのとした光景に脱力しそうになる。

猫たちが向かったのは、リビングルームのカーテンだった。ビリッと激しい音をたてて、分厚いカーテンが引き裂《さ》かれる。

「こいつらは人間にこそ変身できないが、立派な猫又だ。カーテンだけじゃなく、人間の皮膚だって簡単に引き裂けるぞ」

「そんなことして、なにが――って、ディアナちゃん！」

ボロボロになったカーテンの隙間《すきま》から差し込む光に、ディアナは悲鳴をあげて蹲《うずくま》った。揚羽は慌てて日差しを遮るように、ディアナに覆《おお》い被さる。

「夜は無敵の吸血鬼様でも、やっぱり日光には弱いみたいだな。これ以上、犠牲を増やしたくなかったら大人しく――」

喜助が言い終えるまえに、ディアナがテーブルに置いてあったトレイを食器ごと喜助に投げつけた。

「熱っ！」

そのままディアナはトゥーリを抱えあげ、揚羽の手を引いて喜助の脇を通り抜ける。向かったのは、キッチンだ。裏口まで来るとディアナはトゥーリを降ろし、苦しげに膝をついた。

「しっかりして、ディアナちゃん！」

「裏口から逃げてください。力になれずもうしわけありません」

「そんなことないよ。私たちがでたら、ディアナちゃんもすぐ貯蔵室に避難して」

「わかりました。父と旦那様にはすぐに報《しら》せます」

会話している時間も惜《お》しいので、揚羽はすぐにトゥーリを連れて裏口をでた。このまま伊織のところに向かうという手もあるが、雑木林のなかのどこに入り口があるのかがわからない。また、入り口を見つけたとしても、防犯のため鍵《かぎ》がかかっている可能性もあった。

「どこに行くの？」

「とりあえず、ここから離れよう。財布を持ってこられたらよかったんだけど……」

揚羽はトゥーリを支えながら、道路にでる。徒歩《とほ》でどれだけ遠くに逃げられるか。車の免許を取っておくんだったと後悔してもしかたない。

「とっさに持ってきちゃったんだけど、これってなにかに使える?」

「私のスマホじゃん!」

お財布携帯《けいたい》の機能が使えるようにしておいたので、これがあればバスや電車に乗れる。なによりも伊織と連絡を取りあうことができるし、GPSで揚羽の位置を捜索《そうさく》することも可能だ。

「揚羽、猫が来たわ」

星野家の門から飛びだすように姿をあらわした猫たちが、にゃあにゃあ言いながらこちらに向かってくる。あの鋭い爪に引っかかれたら、タダではすまないだろう。走って逃げるにしても、まだリハビリ途中のトゥーリを連れていてはすぐに追いつかれてしまう。

「これで足止めできない?」

トゥーリが持っていたのは、ジップロックに入ったサンマの切り身だった。

「キッチンにあったの」

「貸して!」

ジップロックを開けて、中身を歩道にぶちまける。すると猫たちの目の色が変わって、地面に散らばったサンマに群がった。猫又といえど、本能には勝てなかったらしい。

「いまのうちに逃げよう」

揚羽がいつも利用するバス停に、タイミングよくバスが停車する。運転手に二人分の運賃を一緒に払うと告げ、スマートフォンで料金を支払う。乗客は少なく、揚羽はトゥーリと並んで座ることができた。幸い、猫又たちはサンマに夢中になっているため、追いかけてくる気配はない。

「これからどこに行くべきか……」

伊織からの連絡を待つとしても、できるだけ安全な場所にトゥーリを匿《かくま》う必要がある。警察《けいさつ》に助けを求められればいいのだが、大事《おおごと》になって困るのはトゥーリだ。なにせ、人間の外見を手に入れただけで、身分を証明できるようなものは何一つ持ちあわせていないのだから。

「船を見たときも思ったけど、人間てすごいわね。こんな鉄の塊《かたまり》を動かすんだもの」

「追われてる自覚ある？　あと、バスのなかではできるだけ小声で話して」

口に手を当てて頷いたトゥーリは、「お願いがあるんだけど」と、揚羽に言われた通り、小声で告げた。

「ねえ、揚羽。私、このまま彼に会いに行きたい」

「え？」

「彼のいる場所も知ってるわ。もしあいつらに捕まったら、二度と会いには行けないかもしれないでしょう？　だから、お願い」

それよりもいまは伊織と合流するか、もしくは安全な場所に避難するほうが先決だ、と言いかけた揚羽だったが、まてよ、と思い留まった。トゥーリにはすでに想いあった相手がいることを見せつければ、さすがに喜助も諦めるのではないだろうか。貢いだプレゼント類については、話しあいで解決できれば一番いい。もちろん、ディアナを傷つけようとしたことや、屋敷を荒らしてくれたことには一言ものもうしたいが。

「わかった。行ってみよう。場所を教えて」

「ありがとう！　小島原《こじまはら》海岸の教会が見える丘。そこが目印よ」

「ええと……。ここからバスで二時間くらいか……」

もちろん、乗り換える必要はあるが、行けない距離ではない。移動していたほうが捕まりにくいという利点もある。時刻は午後の二時。暗くなればリチャードやディアナも自由に動けるので、勝機もあるだろう。

「でも、これに懲《こ》りたら、彼氏以外の男性に甘い言葉を言わないように」

「それはむりね。人魚は無意識に、男を誘うようにできているから」

「伊織さんも誘ったわけ？」

「それが残念なことに、先生には効かないのよね」

「ってことは、誘ってみたことはあるってことか――って、悠長に会話してるヒマなんてなかった」

揚羽はスマートフォンで目的地までの乗り継ぎを検索《けんさく》する。そのついでにバス停の近くのペットショップも調べた。また猫又たちに襲われたときの、撃退手段を持っておいたほうが賢明だ。

「猫又は、しょせんは猫。あれが効くかも……」

嬉々《きき》として外を眺めるトゥーリとは対照的に、揚羽は難しい顔をしながらペットショップのサイトを検索したのだった。


一番、襲撃《しゅうげき》の危険があるバスの乗り換えをクリアし、揚羽とトゥーリはようやく目的地の小島原海岸に辿り着いた。

時刻は四時すぎ。まだ明るいが、水平線がじょじょに茜色《あかねいろ》を帯びはじめている。

夏は海水浴客で賑《にぎ》わうだろう海岸も、いまは誰の姿も見当たらない。それもそのはず。海からの冷たい風が吹きつけるなか、散歩しようとする強者《つわもの》はなかなかいないだろう。海沿いの防風林も風に煽られる度に大きな音を立て、枝を鳴らしていた。

「ううう、寒い。コートが欲しい！」

「これくらい、海のなかじゃ普通だけど？」

「そうだった。トゥーリは外見が人間ぽくなっただけで、本質は人魚のままだった！」

厚手のセーターは着ているが、この海風のまえでは着てないよりはマシという程度でしかない。追手が気になったので寄り道はしなかったが、むりをしてでも防寒着を買って来るんだったと激しく後悔した。

「それで、教会ってどこ？」

「たぶん、あそこ。ここからじゃ、建物は見えないけど」

トゥーリが指差したさきには防風林が途切れたあたりに、小高い丘があった。階段が見えるので、そのままのぼることも可能なようだ。

目的地を確認し、揚羽はスマートフォンの画面を見た。伊織からの連絡はまだない。バスを降りたときに一度、連絡してみたが、留守電に切り替わるだけで伊織がでることはなかった。どこに向かっているのかだけ留守電に吹き込んでおいたので、気づいたらすぐに迎えに来てくれるだろう。

「あの階段、のぼれそう？」

「大丈夫。もう少しであの人に会えるんだもの。いまならなんでもできる気がするわ」

「いや、あんまりむちゃしないでね」

はりきりすぎて階段から転落なんてことになったら、目も当てられない。意気揚々《ようよう》と歩きだすトゥーリを揚羽は慌てて支えた。三歩進んだだけで転んでしまうことを忘れているのだろうか。

「トゥーリはさ、どうして恋人のことを好きになったの？」

「彼はね、海辺で釣りをするのが好きな人だったの。はじめは、みんなと同じで子種だけもらおうと思ったんだけど、運悪く逃げられちゃって。しかたなく次の男を捜してたら、車のうしろに大きな水槽を載せて戻って来たわ。それで、一目惚《ひとめぼ》れしたから、一緒に暮らそうって言われたの。でも、そんな狭い場所で暮らせるわけないじゃない？　だから、プールのある家を用意しなさいって言ってやったわ」

そのときのことを思いだしたのか、トゥーリは「ふふっ」と笑った。

「そうしたら、本当にプールのある家を用意してくれたの。二年もかかったけどね。だから、まあ、ちょっとくらいなら一緒にいてもいいかなって、暮らしはじめたのがきっかけね。気づいたら好きになってた」

「ずいぶんと行動力のある人なんだね」

トゥーリは手摺《てすり》に体重をかけながら、ゆっくりと階段をのぼっていく。揚羽はそのうしろを歩いているので、彼女がどんな表情を浮かべているのか見ることはできなかった。

「あの人は旅が好きで、色々なところの話をしてくれた。私はそれを聞いて羨《うらや》ましくなった。彼と一緒に色んな場所に行ってみたいって思うようになった。だから、人間みたいに歩けるようになりたかった。そしたらね、異国にとても腕のいいお医者さんがいるって聞いたの。しかも、日本に引っ越してくるって。だから、便利屋さんにはちょっと悪いことをしちゃったけど、私は絶対に伊織先生に会いたかった」

水中で美しくなびいていたように、風で煽られたトゥーリの髪が宙《ちゅう》を舞った。それを眺めながら、やはりトゥーリは綺麗だと思う。外見だけでなく、その一途《いちず》なまでの想いが。羨ましい。

そこまで想い想われたら、きっと幸せだろうな、とも。

伊織はどうだろうか。どれくらい自分のことを好きでいてくれるのだろうか。知りたいような、知りたくないような、複雑な気持ちだ。

「揚羽は伊織先生の許嫁なんでしょう？」

「そうだよ」

「私ね、許嫁がいるって聞いたとき、相手が気の毒になったわ。だって伊織先生のことは尊敬するけど、好きになる人なんて絶対にいないって思ったから」

「喧嘩売るなら買うけど？」

「動いていても、喋《しゃべ》っていても、あれは死体――〝死〟を象徴する相手をまえにしたら、誰だって恐怖を覚えるわ。覚えておいて。それが普通の感覚なの」

トゥーリは階段の途中で立ち止まり、振り返った。その表情は真剣そのもので、冗談《じょうだん》を言っているようには見えない。

「そして、それは伊織先生も同じ。自分が怖いのよ」

「私は怖くない」

「だから、揚羽は異常なの。私もびっくりしちゃった。その調子でぐいぐい伊織先生に迫るといいわ。そしたら絶対、伊織先生は揚羽を手放せなくなるから」

私からのアドバイス、と言ってトゥーリはウインクした。アドバイスと言いつつも、伊織を貶されたことには腹が立つが、おそらく彼女なりの忠告《ちゅうこく》なのだろう。

「――見つけたぞ、トゥーリ！」

ここで階段したから怒号が響いた。

慌てて手摺に近づいてしたを覗き込むと、喜助と五匹の猫又がいた。このままでは追いつかれてしまう。やっとここまで辿り着いたというのに。

「トゥーリ、私は足止めしてから追いかけるから、さきに行って！」

「え、大丈夫なの？」

　このときのためにペットショップで購入したアレがあるのだ。紙袋から取りだした〝お徳用マタタビ・枝タイプ〟を、階段をのぼってきた猫又に投げつける。猫又にもマタタビが効くかどうかは不安だったが、そんな杞憂《きゆう》を吹き飛ばす勢いで、階段を転がっていくマタタビに飛びかかっていく。

「こらっ、お前ら！　マタタビごときに気を取られるな！」

　しかし、いくら喜助が叱咤《しった》しようとも、猫又たちはマタタビの枝を抱え込むようにして、顔や体を擦《す》りつけている。

「くそっ、だったら俺が行く。俺にはマタタビなんか効かないからな！」

「だったらダメ元で、粉タイプを食らえ！」

　風下にむかって袋を振りまいた瞬間、急に風が方向を変えた。マタタビの粉を盛大《せいだい》に被ってしまった揚羽は、激しく咳《せ》き込む。

「ううっ、痛い。目に入った……」

　痛みのあまり涙《なみだ》がでる。

　目を擦《こす》って喜助を見ると、なぜか目をランランと輝かせていた。ギクッ、と揚羽は体を強張らせる。

「マ、マタタビも効くんじゃん！」

「ニャー！」

心なしか、頭に猫耳が生えているような気がする。揚羽は慌てて階段を駆けあがった。幸い、トゥーリはすでにのぼりきっているようで、姿は見えない。やがて教会らしき建物が視界に入った。

振り返ると、喜助がもうすぐそこまで近づいて来ている。

「こうなったら、奥の手！」

そう言って投げたのは、猫が大嫌いな蛇《へび》――の精巧《せいこう》なゴム人形である。

マタタビに我を失っていた喜助だったが、天敵の出現によって自我を取り戻したらしい。ちょうど上手く首に絡《から》まったゴム製の蛇に、今度は奇声を発した。そして、そのまま揚羽を追い抜いて階段を駆けあがっていく。

「まずい、裏目にでちゃった！　こらっ、待てー！」

階段をのぼりきると、そこは教会の裏側だった。ステンドグラスが美しいが、いまはそれをのんびり鑑賞している暇はない。

ようやく蛇が偽物《にせもの》だということに気づいた喜助は、地面に両手と膝をついて、肩で大きく息を吐いているところだった。

「よくも……よくもやってくれたなちんちくりんめ。俺様が直接、引き裂いてやる！」

喜助は見るからに鋭利《えいり》な爪を見せつけるように掲げる。

もうダメだ、と揚羽が両腕で頭を庇《かば》ったとき――嗅《か》ぎ慣れた香水の香りが広がった。

激しい殴打音《おうだおん》。

恐る恐る顔をあげると、喜助は地面で大の字になってのびていた。

「遅くなってもうしわけありません。もう大丈夫ですよ」

「伊織さん……伊織さん！」

黒のコートを着た伊織に、揚羽は渾身《こんしん》の力で抱きついた。

本当にもうダメかと思ったのだ。

安心したと同時に、涙がぽろぽろと零《こぼ》れだす。それを見た伊織が、より笑顔を深めた。

「……揚羽さん。少し待っていてください」

そう言うと、伊織はコートの内側から緑色の液体が入った注射器を取りだした。そして、それを躊躇《ためら》いなく喜助に刺そうとする。

「ま、待って！　それなに？」

「私が調合した毒薬です。相手が死んでから一時間以内に無毒化するので、自然死として処理されるため問題はありませんよ」

「絶対にダメ！」

嘘《うそ》か本当かはわからないが、伊織がこんなところで冗談を言うとも思えない。殺すなんて絶対にダメだ。考えただけでも体が震えてしまう。揚羽は全力で伊織の腰にしがみついた。

「……わかりました。今回はあきらめます」

「今後も、絶対にダメだからね」

念押ししてから、揚羽は伊織の拘束を解いた。

「旦那様。こちらのかたは、逃げられないように縛《しば》っておきました」

いつのまにか日が落ちていたようで、喜助のそばにリチャードが立っていた。ロープでぐるぐる巻きにされた喜助の首には、しあげとばかりに蛇のゴム人形が巻かれている。

「あ、そうだ。トゥーリは？」

「ディアナを向かわせたので、大丈夫ですよ。日も暮れましたし、猫又程度なら何匹いようともあの子の敵ではありません」

それを聞いて揚羽はホッとした。ここまできてトゥーリになにかあったら、揚羽が喜助の首を絞めていたところだ。

「私たちもトゥーリさんのもとに参りましょう」

「そうだね。はやく恋人に会わせてあげなきゃ」

伊織はなぜか一瞬だけ悲しげに目を細め、それから「……ええ」と言葉少なめに頷いたのだった。

揚羽たちがのぼって来た階段とは逆方向にある、墓地へと続くなだらかな小道。そのさきにトゥーリはいた。ここに辿り着くまで何度か転んだのだろう。膝からは血が滲んで、額も赤くなっている。

日は沈んでしまったが、まだわずかに明るさの残る空のした。

トゥーリの横には、十字架を象《かたど》った墓石《ぼせき》があった。

「私の恋人。ようやく会いに来られた」

そう言って、トゥーリは静かに微笑んだ。

墓石には没年も刻まれてある。それは十年もまえのものだった。年月を象徴するかのように、墓石の表面には苔《こけ》がびっしりと生えている。

「彼が三十のときに出会って、それから六十年、一緒にすごしたわ。最後を看取《みと》ったのも私。そのとき、約束したの。いつか歩けるようになって、また会いに来るって。彼は、〝海が見える丘で待ってる〟と言ってくれた……。ありがとう、伊織先生、揚羽。私はやっと彼との約束を守れた」

満足そうに目を細めるトゥーリに、揚羽の目から涙が零れた。

「なんで……だって、恋人は死んじゃったんでしょ。それなのに、どうして手術なんて……。歩けるようになったって、そんなの……」

意味がない、とは揚羽は言えなかった。

トゥーリの頑張りと決意を近くで見てきた身としては、それが無駄だとは、口が裂けても言えない。

「意味はある。私もあの人が行った場所を歩くことができる。あの人が見た景色《けしき》を眺めて共感できる。それは、人魚の姿じゃできなかったことよ。それにね、あの人への想いは過去なんかじゃない」

痛いくらいに強く吹いていた風が、一瞬、途切れるように止《や》んだ。そして、トゥーリと墓石の周りにだけ、体をなでるような優しい風が吹く。

「いまも愛してるの」

だから二度と海に戻れなくても後悔しないわ、と言って、トゥーリは透けるように美しい笑みを浮かべた。その目にうっすらと浮かぶ涙が輝く。それは、彼女が失った宝石のような鱗に似ていた。


星野家のリビングルーム。

そこにはロープで縛られた喜助が転がっていた。それを見下ろして、揚羽が告げる。

「これより裁判《さいばん》をはじめたいと思います」

「死刑――以上です」

「いや、だからダメだって。伊織さんは黙ってて！」

「残念です」

殺意マックスな伊織に、喜助は気の毒なくらい震えていた。自業自得《じごうじとく》ではあるが、少し気の毒な気もする。

「お、俺になにかしてみろ、江崎組が黙ってねーぞ！」

「ああ、やはり江崎組の方だったのですね。ここに戻るまえにトップの方に連絡を入れて事情を説明したところ、丁寧な謝罪とともに、好きにしていいと許可をいただいております」

「大変もうしわけありませんでした！」

体を起こした喜助は、慌てたように土下座《どげざ》した。

「トゥーリはどうしたい？」

「そうねぇ。私も悪かったとは思うから、許してもらえない？ それから、できれば結婚はあきらめてもらいたいのだけど」

ソファーに座ったトゥーリは困ったように首を傾げた。すると喜助が体を起こし、ふて腐れたように告げる。

「もう追いかけねぇよ」

「なんで？」

「ほかの男に惚れてる女なんざ、こっちから願いさげだね」

どうやら墓地での会話を聞いていたらしい。トゥーリも散々貢がせたことを悪いと思っているようなので、喧嘩両成敗《りょうせいばい》ということでよさそうだ。

「あ、でも、カーテンは弁償してね」

「わかってるよ。っていうか、いい加減この蛇を取ってくれっ！」

よほど蛇が嫌いなのだろう。喜助は涙目になりながら、必死に叫んでいる。そこで動いたのは、意外なことにディアナだった。彼女は蛇を取ったあと、喜助の縄も解《ほど》く。

「その……揚羽様とトゥーリ様が裏口からでて行かれたあと、猫又たちがキッチンのカーテンもボロボロにしてしまったせいで、私は動けずにいました。そんな私にご自分のコートをかけ、貯蔵室に運んでくださったのが、喜助様です。ありがとうございました。でも、あのときは痛かったですが」

原因は喜助なのだが、そう聞くといい奴に思えてくるのだから不思議だ。するとなぜかいきなり立ちあがった喜助は、真面目な顔でディアナの両手を取った。

「惚れた。結婚してくれ」

「お断りします」

「じゃあ、まずは互いを知るところから――」

「お断りします」

二度目の台詞はリチャードである。あっというまに喜助を縛りあげると、リビングルームの窓から外に投げ捨ててしまう。外には猫又たちが待機しているので、ロープを解いてもらえるだろう。プールから激しい水音が響いてきたが、きっと気のせいだ。

「あらら。便利屋さんは単純だけど、わりといい男よ」

「そういう問題ではありません。ディアナの精神年齢は、まだ八歳です。結婚など、百年はやい」

百年は長い気が、と思った瞬間、揚羽の思考は停止した。

いま、リチャードは八歳と言わなかっただろうか。

「え、十八じゃないの？」

「はい。娘は六歳のときに病《やまい》にかかり、十年間意識が戻りませんでした。その治療をおこなってくださったのが、旦那様です」

――人見知りな八歳の女の子。

ずっと無表情だったのは緊張《きんちょう》していたからで、話しかけても返答がなかったのは、どう返せばいいのかわからなかったからかもしれない。

「そっかぁ……」

伊織と一緒に住むようになってからは、驚きの連続だ。揚羽は気を取りなおして、ディアナに手を差しだした。

「今日は助けてくれてありがとう。これからも、よろしくね」

「はい。今度こそ、揚羽様は私がお守りします」

しっかりと両手で握られた手に、揚羽は笑みを浮かべた。

「うん。でも、もうちょっと優しく握ってもらえるとうれしいかな」

「も、もうしわけありません！」

ディアナは焦《あせ》ったように手を離す。その表情は確かに、十八歳というにはあまりにも幼く、可愛らしかった。


後日、無事にリハビリを終えたトゥーリは、オシャレなキャリーケースを引っ張って退院して行った。あれから仲良くなった喜助に頼んで、仕事を斡旋してもらうらしい。そして、お金が貯まったら、あの教会が見える場所に家を買って暮らすのだそうだ。

第三話　狐と狸の交響曲

バスを降りた揚羽《あげは》は、十一月下旬にしては暖かな陽気に思わず頰《ほお》を緩《ゆる》ませる。時刻《じこく》はちょうど三時。午後の四コマ目が休講となってしまったため、いつもよりかなりはやい帰宅《きたく》だった。

ネイビーのタイツにベージュのハーフパンツ。上着は黒のセーターで、そこにダッフルコートを羽織《はお》った揚羽は、自分の格好《かっこう》をチェックする。よれよれの白いニットにボトムスといった服装《ふくそう》で伊織《いおり》と顔をあわせて以来、できるだけ洋服には気を配るようにしているのである。

「でも、ちゃんとした格好のときほど、会わないんだよなぁ……」

溜息《ためいき》をついて、リュックを背負《せお》いなおす。星野《ほしの》家の前門をくぐり玄関《げんかん》までの石畳《いしだたみ》を歩く。その両脇《りょうわき》には、ボールのように丸くカットされた庭木が等間隔《とうかんかく》に植えられていた。

庭の手入れは、陽《ひ》が落ちてから——もしくは陽がのぼるまえに——リチャードがおこなっているらしい。外灯《がいとう》もないところで暗くはないのかと訊《き》いたところ、吸血鬼《きゅうけつき》は夜行動物のように夜目《よめ》が利《き》くという。この広い敷地内《しきちない》のほとんどをすべて自分で手入れしているというのだから、リチャードのバイタリティには感心させられる。

「今度、ゴミ拾いくらい手伝おうかな——ん？」

リチャードとディアナが暮らす別館の玄関まえに、なぜか数羽のカラスがたむろっていた。どこからか飛ばされてきたゴミ袋でも漁《あさ》っているのであれば、散らかされるまえに片づけてしまったほうがいいだろう——と思った瞬間、揚羽は自分の目を疑った。

「ス、スモモちゃん！」

カラスの輪のなかに、威嚇《いかく》するように飛び跳《は》ねるピンク色のスライムがいるではないか。悲鳴に近い叫びをあげて、揚羽は猛然《もうぜん》と走りだした。その勢いに驚《おどろ》いたカラスが慌《あわ》てて飛び去っていく。

「大丈夫だった？」

手のひらサイズのスライムを持ちあげて、怪我《けが》がないかどうか確認する。揚羽の手のうえでふるふると震《ふる》えるスモモをくまなく見回すが、ふるふる震えるだけで返答はない。念のために伊織かリチャードに診《み》てもらったほうがいいだろうか。

「でも、こんなところでなにしてたの？　松次郎《まつじろう》さんは？」

娘《むすめ》のピンチにも駆《か》けつけてこないところをみると、この付近にはいないのかもしれない。スモモは体を震わせたあと、揚羽の手からぴょんと飛び降りた。そして、地面に落ちていたものの周りを飛び跳ねる。

それを見た揚羽は、本日二度目の絶叫をあげた。

「う、腕《うで》え！」

芝生《しばふ》のうえに落ちていたのは、肩《かた》の部分から切断された人間の右腕だった。

周囲に血溜《ちだ》まりはなく、切断面も綺麗《きれい》だ。そのせいで、精巧《せいこう》なレプリカのようにも見える。骨格や筋肉のつきかたからして、持ち主は男性だろう。ならば心当たりは一つしかない。揚羽はスモモごと腕を抱えると、屋敷の玄関にむかって猛ダッシュした。

玄関扉に体当たりする勢いで駆け込み、大声で伊織を呼ぶ。

「伊織さん！　伊織さん！」

いまの時間帯ならまだ診察中かもしれないが、それでも揚羽は許嫁《いいなずけ》の名前を叫び続けた。しかし、その必死な想いが通じたのか、ダイニングへと続くドアから伊織が飛びだしてくる。

「揚羽さん、どうしたんですか！」

「外に伊織さんの腕が落ちて――」

言い終えるまえに、伊織の全身が視界に入る。

右腕が、ある。

では、落ちていた腕は伊織のものではない——？

そう理解した途端《とたん》、揚羽は悲鳴をあげて抱えていた腕を放り投げた。ついでにスモモの体も宙《ちゅう》を舞う。幸いにも、そちらは伊織に続いてあらわれたリチャードによって、無事にキャッチされた。

揚羽は涙目《なみだめ》になりながら、伊織に抱きつく。

なんの抵抗もなく腕を抱えられたのは、それが伊織のものだと思ったからだ。腕がちぎれたことにも気づかずにすごしていたら大変だと、慌てて拾いあげたのである。

それがまさか、見知らぬ人間のものだったなんて。あまりの恐怖心《きょうふしん》から全身が震えた。

「落ち着いてください、揚羽さん。腕が外に落ちていたんですか？」

背中をなでる優しい手つきに、揚羽はようやく顔をあげた。伊織の体に腕を回したまま、恐る恐る大理石の床に落ちたままになっている腕を一瞥《いちべつ》する。

「芝生のうえにあったから、伊織さんが落としたと思ったの。知らない人の腕だって知ったら怖《こわ》くなって、な、投げちゃった。ごめんなさい……」

床に横たわる腕を直視できなくて、揚羽は伊織の胸に顔を押しつけた。伊織が愛用《あいよう》するコロンの匂《にお》いが、パニックになりそうな心を落ち着かせてくれる。恐る恐るもう一度、床を見ると、肩にスモモを載《の》せたリチャードが腕を拾いあげているところだった。

「大丈夫ですよ。リチャード、それを私の研究室に運んでおいてくれ」

「かしこまりました」

「い、伊織さん。警察《けいさつ》に通報したほうが……」

敷地内に腕が落ちていたら、警察に通報するのがセオリーである。しかし、伊織は困《こま》ったように微笑《ほほえ》んで首を横に振った。

「腕の持ち主が人間でも人外でも、もうしわけありませんが、警察に色々と調べられると問題がありますから。もちろん、隠蔽《いんぺい》するつもりはありませんよ。私なりに腕の持ち主を調べ、事件性があるのであれば警察への通報も考えます。その場合は匿名《とくめい》での通報になりますが」

「確かに、地下の施設がバレちゃったら大変だもんね……」

「ええ。医師免許は持っていますが、医院を運営する許可は取っていませんから。無許可の闇《やみ》医者状態ですね」

伊織と話しているうちに、いつのまにかリチャードは消えていた。そろそろ離れてもいいのだが、揚羽はまだ怯《おび》えている体《てい》を装《よそお》って伊織にしがみ続ける。酷《ひど》い目に遭《あ》ったので、これくらいのご褒美《ほうび》はもらってもいいはずだ。

「そういえば、今日はお仕事休み？」

「医療機器のメンテナンス日なので、午後は休診でした」

「メンテナンスする人って、人間？」

「いいえ。種族は聞いていませんが、もともと日本で暮らしている方で、フィンランドにいたときからのつきあいです。機械の点検や修理を専門におこなっていて、いつもはわざわざ海外まで出張していただいておりました。いまは気軽に来ていただけるので、とても助かります」

「そうなんだ」

「……あの、揚羽さん。くっついてちゃダメ？」

「まだ怖いから、くっついてちゃダメ？」

くらえ、トゥーリ直伝《じきでん》の上目遣《うわめづか》い、と内心で決《き》め台詞《ぜりふ》を叫びながら、揚羽は伊織を見あげた。それが効《き》いたかどうかは不明だが、「ううっ」と呻《うめ》き声がして、「せめて、場所を変えましょう」という提案《ていあん》がなされる。

それに揚羽は、よしよしと心のなかでほくそ笑んだ。あとでトゥーリにはお礼のラインを入れなければ。

リビングルームに移動して、ソファーに座った伊織の腕を抱え込むようにして揚羽も座った。

「あ、そう言えば、ディアナちゃんは？」

「彼女は、医院の清掃《せいそう》をおこなっています。いまは入院患者《かんじゃ》もいませんので、隅々《すみずみ》まで綺麗にすると意気込んでいましたよ」

「トゥーリは退院したからね」

　手術から二週間後、傷も完全に塞《ふさ》がり、一人で歩けるようになったトゥーリは、退院後、知りあいの伝手《つて》を頼り繁華街《はんかがい》の高級クラブで働くことになった。病室のテレビで高級クラブの特集を観たときに、これだと思ったらしい。

　そこではまさに、水を得た魚のように、たった数日で人気ナンバーワンにのぼりつめるという偉業《いぎょう》を成し遂げてしまったそうだ。ちなみにその高級クラブは、以前、伊織が言っていた江崎《えざき》組の傘下《さんか》で、経営者もトゥーリの正体を知ったうえで雇用《こよう》しているとのことだった。トゥーリのほかにも、人外の店員が人間に成りすまして働いているらしい。

「はぁー、でもさ、どうして庭に腕が落ちてたんだろ？」

「私のようにうっかり落とすようなものでもありませんから、誰《だれ》かが置いて行ったと考えるべきでしょうね。屋敷の敷地内には複数の監視《かんし》カメラが設置《せっち》してありますから、もしかしたらなにか映っているかもしれません。すでにリチャードが調べていることでしょう」

「誰かが置いてったというのも、怖いけど……」

腕の持ち主が生きているのか、それとも死んでいるのかは不明だが、誰かがなんらかの意図を持って、星野家の敷地内に置いて行ったわけである。隠そうとするならもっと人目につかない場所を選ぶだろうし、なぜ、わざわざ見つかりそうな場所に置いたのか。その意図は。

考えれば考えるほど、じわりじわりと怖さが増してくる。

「念のため、明日からは大学まで私が送迎しましょう」

「え、でも、伊織さんは仕事があるし、むりしなくて大丈夫だよ。幸いバス停はすぐそばだし、授業が終わったら寄り道しないで真《ま》っ直《す》ぐ帰るようにするから」

もしここが住宅街から離れた一軒家だったら考えるが、そこまで神経質にならなくてもいいだろう。それに通学に使っているリュックには、祖父《そふ》からもらった防犯ブザーもさげている。さすがに住宅街であれを鳴らせば、誰かしら駆けつけてくれるはずだ。

「……わかりました。では、代わりにメールでもラインでもいいので、こまめに連絡《れんらく》するようにしてください。最低でも、大学についてからと昼食のまえには必ず。それに大学をでるときもです」

「心配性《しんぱいしょう》すぎない？」

「送迎させていただけるのが一番なのですが？」

にっこりと笑顔ですごまれ、揚羽は首をすくめながら「必ず連絡します」と頷《うなず》いた。解決までどれくらいかかるかは不明だが、寝るまえに携帯《けいたい》の充電は忘れずにしておこう、と揚羽は固く心に誓《ちか》った。うっかり電源が切れて連絡できないなんてことになれば、心配性の伊織が大学に乗り込んできかねない。

「――旦那《だんな》様」

吸血鬼というものは、気配を消さずには行動できないのだろうか。突如《とつじょ》、背後からかけられた声に、揚羽は驚いてソファーから飛びあがりそうになってしまった。研究室から戻ったリチャードは、慇懃《いんぎん》な態度で一礼する。

「監視カメラの映像を確認してまいりましたが、怪しい人物は映っておりませんでした。どうやら腕を遺棄《いき》した犯人は、カメラの死角となる場所を通ったようです」

「じゃあ、犯人は監視カメラの場所を把握《はあく》してたってこと？」

「偶然《ぐうぜん》という可能性もございます。私と娘が住む別館付近には、もともと監視カメラを設置しておりません」

確かに、この広い敷地内すべてに監視カメラを設置したら、コストが大変なことになってしまうだろう。

「切断された腕につきましても、簡単《かんたん》に見させていただきましたところ、半解凍状態で、ところどころに冷凍焼けの痕跡《こんせき》が見受けられました。切断面が細めのロープで縛《しば》られていた以外、ほかに外傷は見当たりません。完全に解凍してしまった場合、傷《いた》んでしまう恐れがあるため冷凍室に保存してございます。人間のものかどうかまでは、判断しかねました」

「そういえば、触《さわ》ったとき、ちょっと冷たかったかも……」

そのときの感触を思いだし、揚羽は身震いする。そして、伊織の左腕をよりしっかりと抱え込む。

「ありがとう。あとは私が詳しく調べておくよ」

「伊織さんは監察医みたいなこともできるの?」

「はい。人間の場合、死亡《しぼう》推定時刻や死因の特定、それから遺体の年齢《ねんれい》と性別程度でしたら可能です。ただ、人外の方ですと、参考資料が不足しておりますので、できる、とは断言《だんげん》し難《がた》いものがありますね」

「腕しか残ってなくても?」

「それだけでもわかることは色々とありますよ。ただ、例の腕は冷凍されていたようなので、得られる情報は少ないかもしれませんが」

伊織の言葉に感心していると、リビングルームのドアから緑色のスライム――松次郎が飛び跳ねるようにして入ってきた。そのぷるぷるボディのうえには、娘のスモモが乗っている。

「よう、お嬢ちゃん。スモモをカラスから助けてくれたんだってな。ありがとよ」

「いいよ、お礼なんて」

「まったく、日中は外にでるなって言ってるのに」

「あ、そうだ。厳密に言えば第一発見者は、私じゃなくてスモモちゃんなんだよね。怪しい人とか見なかった？」

スモモは体を震わせたあと、「ピィ、ピィ」と鳴いた。

「ふむ。スモモは伊織の旦那の腕が落ちてると思ったから、運ぼうとしたらしい。そこにカラスが群がってきたから、必死で追い払っていたそうだ。怪しい人物は見てないみたいだな」

「わかるよスモモちゃん。敷地内に腕が落ちてたら、伊織さんのだと勘違《かんちが》いするよね」

というか、あれはカラスに襲《おそ》われていたのではなく、カラスから腕を守っていたらしい。どう考えても、揚羽があと一歩遅《おそ》かったら、カラスに持ち去られて食べられてしまっていた気がするのだが。

「ありがとうございます、スモモさん。ですが、カラスはあなたにとって、とても危険な生き物ですから、次は私の腕など気にせず逃《に》げてください」

松次郎のうえからテーブルに飛び乗ったスモモは、その場で伊織に返事をするように飛び跳ねる。

「いまさらだけど、スモモちゃんは大丈夫だった？　怪我とかしてない？」

「おうよ。傷一つないぷるぷるだぜ」

「確かにぷるぷるだけど……」

「しっかし、敷地内に切断された腕が落ちてるなんて、物騒《ぶっそう》な話だな。江崎組からの嫌《いや》がらせか？」

「でも、傘下には入らないってことで、話はついたんじゃ」

松次郎の不穏《ふおん》な言葉に、揚羽は伊織を見あげた。

「トップの方から了承はいただきましたが、それが末端《まったん》まで行き届いているという保証はありません。江崎組の縄張《なわば》り内で商売をするのに、なぜ傘下に入らないのかと不満に思う方もいらっしゃるかもしれませんが……嫌がらせにしては、少々いきすぎですね」

「でもよ、若い奴《やつ》らなんかは、加減がわからないんじゃないか？　こうなりたくなかったら、さっさとでて行けって意味も込めて、処理予定の遺体を置いて行った可能性もあるぜ」

処理予定の遺体とは、と揚羽は疑問に思ったが、訊いてはいけない気がしたので聞かなかったことにした。

「松次郎さん。揚羽さんのまえで物騒なことを言わないでください」

「おお、悪い悪い。お嬢ちゃんには、刺激《しげき》が強すぎたな」

本当に悪いと思っているのかどうかは不明だが、松次郎は揚羽の足下にきて、軽くその寒天《かんてん》のようなボディを震わせた。

「松次郎さんは江崎組と関係あったりするの？」

「いいや。まえに植物園で見た、小さい奴らを覚えてるか？　ああいうのまでいちいち探しだして傘下に収めてたら、きりがないだろ。それに言葉が通じない者も少なくない。あいつらにしてみれば、俺《おれ》たちのような小さい奴らは、野生《やせい》動物みたいなもんなのさ。スライムがいるな、ってくらいにしか思われてないんじゃないか？」

「そうなんだ」

「まあ、俺がなにか問題を起こすようであれば、手だしはしてくるだろうけどな」

「問題って？」

「あいつらにとって不利益なことになりそうな場合だな。まあ、カラス相手にどんぱちしたくらいじゃ、動きゃしねぇよ」

とはいえ、なぜ腕が置かれていたのか、いまの段階ではなにもわからない。できるだけ物騒な理由でなければいいが、ものがものだけに、ただの忘れ物でしたとはならないだろう。

「松次郎さんも不審《ふしん》な人物を見かけませんでしたか？」

伊織の質問に、松次郎は考え込むように動きを止める。

「俺は貯蔵室で昼寝をしてたからな。最近、猫又《ねこまた》の奴らが俺の縄張りをうろちょろするんで、追い返したりして疲《つか》れてるんだ」

「おやおや、松次郎様にご迷惑《めいわく》をかけるとは。きっと大きな猫又が来なくなれば、彼らも姿を見せなくなるでしょう。次こそは、必ず仕留めてごらんにいれます」

喜助《きすけ》がディアナにプロポーズして以来、彼はプレゼントを持ってよく星野家を訪れていた。その度《たび》にリチャードに見つかり追い返されていたが、障害があればあるだけ燃えあがるタイプなのか、一向にあきらめる気配はない。物騒な笑みを浮かべるリチャードに松次郎は、「娘の色恋沙汰《いろこいざた》に口をだすのはいいが、ほどほどにしろよ」と言って体を震わせた。同じ娘を持つ父親ではあるが、こちらは放任主義のようだ。

「そんなんで、不審者は見てねぇな」

「猫又の子たちはどうだろ。もしかして、怪しい人物を見てたりしないかな？」

「そうですね。喜助君は江崎組の一員ですから、なにか知っているかもしれません。連絡を取ってみましょう」

伊織の背後では、リチャードが苦虫を嚙《か》み潰《つぶ》したような表情を浮かべていた。娘からだけでなく、できるだけ星野家からも喜助を遠ざけておきたいようだ。

「では、私はしばし研究室にこもります。揚羽さん、今日は――」

「さすがに外出しようとは思わないよ」

せっかく伊織と一緒にいられる機会だったのに、と揚羽は内心で溜息をついた。日々の平穏のためには、謎《なぞ》の腕の解明が先決だ。それが解決しなければ、揚羽も日中はこまめに伊織へラインを送り続けなければならない。春になれば登山部も本格的に活動をはじめるので、それまでにはぜひ解決したいものだ。

揚羽はずっと抱き締め続けていた伊織の腕を、名残惜《なごりお》しげに放した。

「怖いからと言って、リチャードに抱きつかないでくださいね」

「し、しないよ、そんなこと」

「松次郎さんも不可ですよ」

さすがに判定が厳しいのではないだろうかとは思ったが、こちらを見る伊織の目が本気だったので、揚羽は「約束します」と思わず丁寧語で頷いたのだった。

「では、リチャード。あとはよろしくお願いします」

「かしこまりました」

伊織が研究室へ向かったあと、リチャードが「ハーブティーはいかがでしょうか。気持ちが落ち着かれますよ」と言うので、揚羽は「じゃあ、お願いします」と頷いた。

キッチンへ準備をしに行くリチャードを見送り、揚羽は溜息をつきながらソファーに沈み込んだ。

床にいた松次郎がソファーに飛び乗る。スモモも父親を真似《まね》て飛び乗ろうとしたが、跳躍力《ちょうやくりょく》が足りずに落下してしまった。だが、ふたたびトライはせずに、そのままコロコロと床を転がり、カーテンのしたに入り込む。なにをしているのかと見ていると、松次郎が「日向《ひなた》ぼっこだろ」と教えてくれた。

「しかし、意外だったな。伊織の旦那はなかなか嫉妬深《しっとぶか》いらしい」

「私はちょっとくらい束縛《そくばく》が激しいほうがいいな。愛されてるって安心できるでしょ」

「あー、たぶん伊織の旦那もそのタイプだわ。お嬢ちゃんも同じくらい束縛してやるといい。絶対に喜ぶぞ」

「そうかな。男の人って、あれこれ言われるの嫌って人が多いよね。重たいって思われない？」

「伊織の旦那のほうが、数倍は重いから安心しろ」

「そう？」

「お嬢ちゃん、まさか自覚ねぇのか？」

声音《こわね》から察するに、愕然《がくぜん》としているらしい松次郎に揚羽は首を捻《ひね》った。ドライではないが、そこまで愛情が重いとは感じられない。大学にも通わせてもらっているし、登山部の飲み会だってよほど遅くならなければオーケーだ。

「……ま、いいか。ところでお嬢ちゃん。事件が解決するまでのあいだ、スモモを護《ご》衛《えい》につけてやろうか？　監禁《かんきん》されたときに鍵開《かぎあ》けできるぞ。人の気配にも敏感《びんかん》だから、逃げるときにもお勧《すす》めだ。俺と違って場所も取らないしな」

「いやいや、どうして私が誘拐《ゆうかい》される前提で話すのよ？」

「お嬢ちゃんが一番、攫《さら》いやすいからだ」

「子供じゃないんだから、大丈夫だって」

さきほど伊織にも言ったが、大学から自宅《じたく》までのバスは乗り換《か》えもなく、バス停も星野家から徒歩《とほ》数分以内だ。また、四コマ目が終わってすぐに大学をでれば、日のあるうちに帰れるはずだ。むしろ、喜助に襲撃《しゅうげき》されたときのように、日中、犯人が屋敷に押し入ってくるほうが心配だ。あれ以来、リチャードが屋敷の防犯に力を入れているようだが、彼は太陽光という厄介《やっかい》な敵をそうそう攻略できるとは思えない。

「それに、スモモちゃんがリュックに入ってたら、気になって授業にならないよ」

さすがに大学で冬桜は咲いていないが、園芸部が温室で花を育てている可能性はある。美味《おい》しそうな匂いに釣《つ》られて、リュックからでないという保証はなかった。

「でも、本当にどうして腕なんて落ちてたんだろ」

天井《てんじょう》を見あげながら、揚羽は唸《うな》った。

江崎組の嫌がらせやら、偶然、星野家の敷地内に遺体の一部を遺棄したなど、色々な可能性を考えてみるが、どれもいまいちぴんとこない。そもそも、腕はむきだしのまま放置されていたのだ。犯人が腕を隠したいと思っていたのなら、せめて紙袋に入れるとか新聞紙で包《くる》むとか、なにかしら隠す努力をしたはずである。

となるとやはり、嫌がらせの可能性が強くなる。

——でも、なぜ腕？

もしかして、揚羽が知らないだけで、江崎組の嫌がらせとしてはわりとポピュラーな手法なのだろうか。

「……ダメだ。深く考えるのはよそう」

もともとサスペンスドラマでも、犯人を当てられた例《ためし》がないのだ。考えれば考えただけドツボに嵌《は》まる気がする。それに、犯人について推理すれば、必然的に切断された腕の光景が脳裏《のうり》に浮かんでしまうので、精神衛生上あまりよろしくはない。落ち着いたはずの恐怖心が、また蘇《よみがえ》ってしまいそうだ。

「揚羽様。本日のハーブティーは、カモミールになります。ご一緒に、こちらのチョコ菓子《がし》もお楽しみください」

「ありがとうございます」

リチャードが透明《とうめい》な紅茶《こうちゃ》用カップにハーブティーを注《そそ》ぐと、すっきりとした香《かお》りが広がった。知らずしらずのあいだに緊張《きんちょう》していた体から、力が抜けるようだ。ほどよい温度のハーブティーを飲んで、自分の体が思いのほか冷え切っていたことに気づかされる。

「――大丈夫でございます」

「え？」

「旦那様に任せておけば、問題はございません」

穏《おだ》やかな笑みを浮かべ、そう断言するリチャード。それを見ていると、なんだか本当に大丈夫な気がしてくるのだから不思議だ。

「フィンランドにいた頃に起こった事件の数々を思えば、身元不明の腕など可愛《かわい》いものです」

「ごほっ！」

思わずむせてしまった揚羽に、松次郎がトドメを刺す。

「そうだぜ、お嬢ちゃん。最悪、俺がその腕を食ってなかったことにすればいいんだからよ」

そういう問題ではないと思うのだが。自分を除いた星野家の住人は、どこかずれているのではないだろうか、と今更ながらに揚羽は思うのだった。

授業終了のチャイムとともに、教壇《きょうだん》に立っていた教授が、「じゃあ、来週までに今日説明した現代の幼児《ようじ》教育について、レポートをまとめて提出するように」と告げる。それに揚羽は、「うげっ」とカエルが潰れたような声をだした。

ここ数日の課題ラッシュで、レポートの作成が軒並み溜まっていた。提出期限はまださきとはいえ、これでまた一つ増えた、と揚羽は肩を落とす。それは周囲も同じようで、「バイト休もうかな……」とか、「午後の授業でもレポートでたら、どうしよう……」など、絶望の声が聞こえてくる。

現在、二コマ目が終わったところなので、本日の講義は午後にあと二つ。そのどちらもなんらかの課題をだしてくる可能性は高い。

「揚羽、お願い。いまの講義のノート写させて！」

土下座《どげざ》する勢いでやってきた野薔薇《のばら》に、揚羽は教科書をしまう手を止めた。

「いいけど、もしかして寝てた？」

「三コマ目の心理学の課題やってた。まさかこっちでもレポートがでるなんて思ってなくて。授業もなにも聞いてなかったから、ノートだけが頼みの綱《つな》なの。三コマ目がはじまるまえまでには写し終えるから！」

「それじゃ、お昼を食べてるヒマないでしょ。来週の月曜日に返してくれればいいよ」

今日は金曜日。土日に提出日がはやい課題を重点的に片づけようと思っていたので、いまの講義にかんするレポートまでは手が回らない。野薔薇にノートを貸しても問題はなかった。

「ありがとう。今月のバイト代が入ったら、なにか奢《おご》るね」

「学食でいいよ」

「えー、せっかくだから駅前のパフェ食べに行こ。来週、冬の新作がでるらしいから」

「来週か……」

敷地内で切断された腕が発見され、はや三日。いまのところ、これといった進展はない。喜助にも連絡を取っているようだが、たまたま仕事で地元を離れているらしい。

「忙《いそが》しい？」

「来週はちょっと……」

「いまの時期はバイトも忙しくないし、私はいつでもいいよ。あ、そうだ。揚羽のとこに江崎から連絡きてない？」

「きてないけど、どうして？」

「なんか、一昨日《おととい》から大学を休んでるみたいなんだよね。友達がさ、連絡がつかないから心配してて。ま、あいつは実家暮らしだから、そこまで気にしなくてもいいと思うんだけどさ」

「風邪《かぜ》とかかな？」

高熱で携帯の確認もままならない可能性もある。しかし、野薔薇の言うとおり実家暮らしであれば、病院にも連れて行ってもらえるだろうし、食事の面での心配もない。

さすがに一週間以上、音沙汰がないのなら問題だが。

「とりあえず、はい、ノート」

「はー、マジありがとう」

拝《おが》むようなポーズをして、野薔薇はノートを受け取った。

「野薔薇ちゃんはお昼どうする？　学食？」

「……心理学のレポートが終わらないから、パンを食べつつ頑張《がんば》る予定」

「あの教授、課題の提出には厳しいからね」

「そう！　適当な内容だと突っ返されるの！　それで単位がもらえなかった先輩《せんぱい》がいるから、絶対に提出しなきゃならないのよ。じゃ、そういうわけで、私は行くわ。ノートありがとね」

慌ただしく教室をでて行く野薔薇を見送り、揚羽も立ちあがった。今日の昼食はリチャード特製のお弁当である。天気もいいので大学の中庭で食べるのもよさそうだ。教室をでて廊下《ろうか》を歩いていると、不意に背後から呼び止められた。

「なあ、あんた。確か、藤岡《ふじおか》だよな？」

振り返ると、そこには見覚えのない青年が立っていた。年齢は揚羽よりも二、三歳《さい》はうえだろう。中肉中背で茶髪にピアスという、それ以外にこれといって特筆する部分のない人物である。

「そうですけど、なにか？」

「六角《ろっかく》先生が呼んでたぜ。登山部の部室に来てほしいって」

登山部の顧問《こもん》である、六十すぎの教授の顔が揚羽の脳裏に浮かんだ。名前は六角石《いし》雄《お》。日本史学科の教授なので揚羽と直接は関係ないが、用事があるということは登山部関係のことだろう。

用事があるなら携帯で連絡すればいいのだが、六角はスマートフォンどころかガラケーさえも使いこなせない極度の機械音痴《おんち》らしい。用事があるときは、こうして生徒たちを伝令代わりに使うのだと聞いている。

「いますぐ、ですか？」

「ああ」

「わかりました。わざわざ、ありがとうございます」

揚羽は礼を言って、歩きだした。登山部の部室があるのは、いまいる場所から少し離れた学外の道路沿いである。また中庭に戻るのは面倒なので、部室で昼食をすませたほうが効率的だろう。大学の敷地内にあるグラウンドの脇を通り、ポプラ並木の小道を進む。じょじょに人気《ひとけ》が少なくなってきたが、ここは大学の敷地内。さすがに大丈夫だろうと考えながら、揚羽は登山部の部室へと向かった。

「あ、そうだ。伊織さんにラインしなきゃ」

なかなかの年代物である二階建ての部室棟《とう》をまえに、揚羽はスマートフォンを取りだした。いままで授業が終わったらすぐに連絡を入れていたので、今頃、やきもきしているかもしれない。

こうやって頻繁《ひんぱん》に連絡を取っていると、ラブラブな恋人同士のような気分になってくる。内容は甘《あま》い言葉からはかけ離れた、事務連絡のようなものなのだが、ついニヤけそうになってしまう

「……ちょっとくらい、それっぽい台詞を入れてみようかな」

もしくは、ハートマークか〝好き〟の文字入りスタンプか。台詞は少しハードルが高いので、ここはスタンプがいいかもしれない。問題は手持ちのなかに、それにふさわしい可愛い感じのスタンプがあるかどうかだ。

部室棟の入り口まえで悩《なや》んでいた揚羽は、スマートフォンの画面に影《かげ》が差したこと

に気づく。ぱっ、と顔をあげると、至近距離に黒いスーツ姿の男が立っていた。長身で痩《や》せ型《がた》。眼光は鋭く、額《ひたい》には大きな傷痕《きずあと》があった。

——逃げなきゃ。

本能が警告する。考えるよりもさきに、揚羽はきびすを返して走りだそうとした。しかし、それよりもはやく男が揚羽の体を抱え込む。叫ぼうと開けた口は大きな手のひらで塞がれてしまい、それもままならない。

ひょいと体を持ちあげられ、男はそのまま無言で走りだした。そして、部室棟と道路を隔てている二メートルほどのフェンスを、揚羽を抱えたまま飛び越える。人間ではありえない身体能力だ。

近くに一台の黒い車が停《と》まっていた。後部座席のドアが開いていて、男は一直線にその車へとむかっていく。部室棟の裏は一方通行の道路を挟《はさ》んで土手になっているが、人通りは皆無だった。

誘拐されかかっている揚羽を目撃して、警察に通報してくれるといった展開は期待できそうにもない。

——まずい。

必死になって両足をばたつかせるが、そもそも小柄《こがら》な揚羽では抵抗にすらなっていない。このままでは本当に誘拐されてしまう。

――伊織さん、助けて！

声にならない声でそう叫んだとき、バイク音が響《ひび》いてきた。

その直後、男と揚羽のまえで二輪バイクが急停止する。黒いライダースジャケットを着てブルーのヘルメットを被《かぶ》った人物は、揚羽を誘拐しようとした男の顔面にむかって勢いよくスプレーを噴射した。

「なにを！」

男が目を閉じて苦悶《くもん》の声をあげる。いまをチャンスと、揚羽は必死に拘束《こうそく》を振りほどく。大通りに向かおうとした揚羽の腕を、目を押さえた男が逃がすまいとつかみかかる。しかし、それはすんでのところで遮《さえぎ》られた。

バイクの人物が揚羽の腕を引いて、「乗れ！」と叫ぶ。

言われるがまま揚羽はバイクのうしろに跨《また》がった。ヘルメットを投げるように渡され、それを被るまもなくバイクが発進する。揚羽は慌ててその背中にしがみついた。

「どこに行くの、江崎君！」

「あとでちゃんと説明するから。しっかり捕まっててくれ！」

やっぱり江崎君だった、と揚羽は少しだけ安堵《あんど》した。声と体格でなんとなく雪生《ゆきお》だと思ったのだが、これで見知らぬ人物だったらピンチ再びである。

バイクのスピードをあげた雪生は、大通りにでると渋滞《じゅうたい》で停まっていた車の脇をすり抜けていく。後方から揚羽を誘拐しようとした男たちの車も続くが、すぐに渋滞に捕まり停まらざるを得ない。あっというまに、男たちの車は見えなくなってしまった。

それに気づいた雪生も適当なところで脇道に入り、路地裏を緩めのスピードでバイクを走らせる。そして、車では入れないほど狭《せま》い小道に入ったところにある公園でバイクを停めた。

周囲を住宅地に囲まれた小さな公園である。遊具も、滑《すべ》り台《だい》とブランコ、それにジャングルジムの三つのみ。中央には桜の木が植えてあり、その周囲に色褪《いろあ》せたベンチが一つだけ置かれている。お昼時ということもあり、親子連れの姿もなく閑散《かんさん》としていた。

「あー、緊張した……」

ヘルメットを取って、雪生は盛大《せいだい》な溜息をついた。そのままベンチに座ったので、揚羽もそのとなりに腰をおろす。

「あの、助けてくれてありがとう」

そこでなぜか、雪生がいきなり頭をさげた。

「謝《あやま》んなきゃならないのは俺のほうだから、お礼なんて言わなくてもいいよ。ごめん。藤岡が攫われそうになったのは、俺んちのせいなんだ」

「どういうこと？　っていうか、江崎君てもしかして、江崎組と関係あったりする？」

揚羽を攫おうとしていた、黒いスーツの男。どこからどう見ても、カタギには見えなかった。

「あ、でもそのまえに、伊織さんに連絡しなきゃ」

スマホは、と声にだしたところで、揚羽は誘拐されそうになったときに落としてしまったことに気づいた。これでは伊織がGPS機能を使って、揚羽の現在位置を把握することもできない。

「江崎君、もうしわけないんだけど、スマホを――」

「ごめん。持ってるけど、電源は切ってるんだ。GPSで居場所がバレるとまずいから」

そう言って、雪生はジャケットの胸ポケットにあるスマートフォンの真っ黒な画面を揚羽に見せた。その携帯カバーには、男子大学生には少し不似合いな、可愛らしい妖精のチャームがついている。

「じゃあ、公衆電話――って、そもそも携帯の番号がわからないとダメか……」

しかし、幸いなことにリュックには財布が入っている。タクシーを拾って星野家まで戻ればいい。もっともそのまえに、雪生からなぜ揚羽が誘拐されそうになったのか、理由を聞かなければならないが。

「話を戻すけど、その、藤岡は俺の家──江崎組について、どこまで知ってるんだ？」

「この辺り一帯を縄張りにしてる総元締めで、人じゃない者たちが人間の社会で生きていけるように手助けしたり、喧嘩《けんか》の仲裁《ちゅうさい》をしたりしてる組織だって聞いてるけど……」

「そっか。大雑把《おおざっぱ》だけど、だいたいはそれであってるかな。ということは、藤岡は自分の同居人が人外だってことも知ってるってことだよな？」

「もちろん」

「その、許嫁だって聞いたんだけど、そいつの種族を知ったうえで結婚するつもりなのか？」

「うん」

頷くと、雪生は頭を抱えて、「まじか……」と唸るようにつぶやいた。

「あ、もしかして、むりやり許嫁にさせられたって思ってる？」

「やっぱり、そうなのか！」

「違うよ。許嫁っていっても、亡《な》くなったお祖父《じい》ちゃんが勝手に約束しただけだったけど、いまはちゃんと両想いだから大丈夫だよ」

「……り、両想い」

勢いよく立ちあがった雪生だったが、風船の空気が抜けるようにまたベンチへと崩《くず》れ落ちてしまった。

「それで、江崎君は江崎組とどういう関係が――」

「……俺の親父《おやじ》が、江崎組の組長なんだ」

「え、じゃあ、もしかして、江崎君も人間じゃないの？」

「いや、両親は人外だけど、俺は百パーセント人間だよ。赤ん坊の頃、橋のしたに捨てられてたところを拾われたんだ。それで親父がこれもなんかの縁だろうって、息子《むすこ》として引き取ってくれたってわけ。だから俺には、血が繫《つな》がらない兄貴と姉貴が六人もいる。本当の兄弟みたいに可愛がってもらってさ。すごく感謝してる」

なかなか重たい内容だったが本人が気にする様子もないので、揚羽も「そっか」と相槌《あいづち》を打つだけに留《とど》めた。しかし、揚羽が知らなかっただけで、人外たちは思いのほか人間社会に溶《と》け込んでいるようだ。

「江崎君の両親はどんな種族？」

「父親が化《ば》け狸《だぬき》で、母親が化《ば》け狐《ぎつね》。祖母《ばあ》ちゃんたちや祖父ちゃんたちも狸か狐で、そのせいか江崎組《うち》は狐狸《こり》が多いんだよな。みんな普段は人間に化けてるけど」

「じゃあ、さっきの人……いや、人じゃないけど、外見は人だからその表現でいいよね。さっきの人も化け狐か化け狸なの？」

「あいつは狐。須賀野《すがの》っていって、三番目の兄貴の部下なんだ。だから、いま動いてるのは……って、悠長《ゆうちょう》に話してるヒマはないか」

　確かに、今頃、誘拐犯らは揚羽と雪生を捜し回っているはずだ。そう簡単に見つかりはしないだろうが、油断しないに越したことはない。

「うちともう一つ、鬼頭《きとう》組って知ってるか？」

「うん。江崎組とは縄張りが近くて、仲が悪いって聞いてるよ」

「その通り。昔から仲は悪かったんだけど、親父の代になってから余計に険悪な関係になったんだ。とくにうちが会社の経営で成功してからは、やっかみが酷くてさ。うちの組員が襲われたり、傘下に入ってる奴らが経営する店に嫌がらせがあったり。だから、情報の漏洩《ろうえい》には人一倍気をつけてたんだけど……」

　そこで雪生は言葉を濁《にご》した。どこか哀《かな》しげな表情を浮かべ、小さく溜息をつく。

「統制してるはずの情報が、鬼頭組に漏《も》れてたみたいでさ。経営する会社で計画していた新規事業が妨害にあって頓挫《とんざ》したり、こっちの事情を知らなきゃ絶対に起きるはずがないってことが立て続けにあったんだ。そんななか先週おこなわれた会議で、また漏洩があった。でも、たまたまそれがきっかけで、容疑者が三人に絞《しぼ》り込まれることになったんだ」

「そ、それで？」

　サスペンスのような流れに、揚羽は思わず身を乗りだした。すると雪生は苦笑いを浮かべた。

「その三人のうちの一人が、俺なんだよ」

「江崎君が？」

「もちろん、俺はみんなを裏切ったりしてない。そこは断言できる。でも、俺を含《ふく》めた三人がアリバイがなかったから、それが理由で、一昨日からずっと実家で監視されてたってわけ」

だから大学を無断欠席していたのか、と揚羽は納得《なっとく》した。

「じゃあ、いまは無実が証明されたってこと？」

「いや、監視の隙《すき》をついて逃げだしてきた」

「逃げたら余計に怪しまれるじゃん！」

「だ、だってあいつら、藤岡を攫うって言うから……」

「どうして、そこで私？」

揚羽が首を捻ると、雪生は気まずげに目を泳がせた。

「わりとはやい段階から、一部の奴らが、今年になって越してきた医者が怪しいんじゃないかって言いはじめてたんだ。でも、親父たちはスパイだったら傘下に入って、うちの幹部に接触するとかそれらしい行動が見られるはずだから、違うだろうって言ってたんだけど……頭の固い奴らは、なんか怪しい術でも使ってるんじゃないかって、疑心暗鬼《ぎしんあんき》になっててさ。その筆頭が三番目の兄貴なんだけど……」

「それで、伊織さんより攫いやすい私を狙《ねら》ったのね」

伊織は滅多に自宅からでないうえに、リチャードというボディガードもいる。地下の診療所に立《た》て籠《こ》もられたら手も足もでないだろう。だから許嫁である揚羽を人質にとって、伊織を誘《おび》きだそうとしたのだ。

「あのね、伊織さんが引っ越して来たのは、そもそも私のためで、江崎組の傘下に入らなかったのは、鬼頭組との抗争に巻き込まれたくなかったからだよ。スパイなわけないじゃん。それに怪しい術なんて使わないし」

「でも、人魚《にんぎょ》を歩けるようにしたんだろ？」

「あれは現代の医療技術」

反論はしたが、確かに傍目《はため》からでは、怪しげな魔術を使ったのかと勘違いされてもおかしくないだろう。しかし、あれは最先端の器機と伊織の技術。それに人魚であるトゥーリの生命力と努力の結果なのだ。

「スパイ容疑をかけられた人が、江崎君のほかに二人いるんでしょ。だったら、伊織さんよりもさきにそっちを疑うのが筋《すじ》じゃない？」

「それはそうなんだけどさ、身内を疑うのって辛《つら》いんだよ。とくに容疑をかけられてる二人は三番目の兄貴の部下で、狐狸だけど、子供の頃から兄弟みたいにして育ったから。兄貴の腹心の部下ってこともあるけど、俺だって二人のどちらかがスパイだなんて、未《いま》だに信じられねぇし」

肩を落とす雪生を見て、揚羽は言葉に詰まった。伊織がスパイでなかったら、残る二人——雪生を入れれば三人だが——のどちらかがスパイということになる。しかし、それを認めたくないからといって、伊織が疑われたままでは困るのだ。

「その二人はなんて言ってるの？」

「それがさ、黙秘《もくひ》してるんだよ。なんにも言わねえの。片方は無実だから、さすがに強引な手段は取れなくてさ。いまは二人とも地下牢《ちかろう》に監禁されてる」

「どちらかが、もう片方を庇《かば》ってるってことか」

「たぶん。俺も一応、疑われてるから二人には会わせてもらえてないんだけど……」

きっとその二人とは、雪生も親しくしていたのだろう。二人について語る表情は暗い。揚羽にしてみれば、伊織と自分の身の安全のためにも、どちらがスパイかはやく白状してもらいたいところだが、雪生の心情を思うと複雑だ。

とりあえず、星野家に帰って伊織に相談してみよう、と思ったとき、背負っていたリュックがもぞりと動いた。慌てて口を開けてみると、ピンク色のボールのようなものが勢いよく飛びだしてきた。

「ス、スモモちゃん！」

両手でキャッチすると、スモモは「ピィ！」と元気よく返事をした。

「なんでリュックに……って、もしかして松次郎さんとの会話を聞いてた？」

そうだよ、とばかりにスモモは飛び跳ねる。どうやらボディガードとしてスモモを連れて行ったらどうだ、という松次郎の言葉を耳にして、リュックに忍《しの》び込んでいたらしい。

「心配してくれてありがとう。でも、無断でリュックに入るのは危ないから、次からはまえもって教えてね」

「ピィ！」

ちゃんと理解しているのだろうか、と揚羽はスモモを見て不安になった。すると、となりから感嘆《かんたん》したような声が聞こえた。

「もしかして、これってスライム？　すげぇ、はじめて見た！」

興奮《こうふん》する雪生に、揚羽は日本にはあまりスライムが生息していないことを思いだした。それは人間でありながら、人外の種族に囲まれて育った雪生も例外ではなかったようだ。

「でも、ちっちゃいな――」

雪生が手をのばした瞬間、スモモは体を広げて威嚇するようなポーズを取った。鳴き声も、「ビィィイイ！」と勇《いさ》ましい。もしかして、自分を守ろうとしているのだろうか、と揚羽はほっこりした気持ちになった。

「ご、ごめんな！」

雪生が慌てて謝罪したため、スモモもそれ以上の威嚇は止《や》めた。

「きっと今頃、松次郎さんも心配してる——そうだ！」

「藤岡？」

「その地下牢に、見張りは？」

「鍵がかかるから、見張りは置いてないと思う。俺は自分の部屋だったから、さすがに監視されてたけど」

「じゃあ、容疑のかかってる二人に会いに行こう。江崎君も二人と話がしたいよね？」

「そりゃ、会いたいけど、でも、鍵が——」

目を白黒させる雪生に、揚羽はスモモを突きつけた。見張りがいないのであれば、好都合である。

「スモモちゃんが開けてくれる。江崎君にとって二人は大事な存在かもしれないけど、どちらかがスパイであることに間違いないなら、やっぱりはっきりさせなくちゃ。それになにか事情があるのかもしれない。江崎君が訊いてもダメならしょうがないけど……」

揚羽の提案に悩んでいた雪生だったが、すぐに意を決したように頷いた。

「わかった。二人を説得してみる。でも、藤岡は見つかったら危ないから、その子だけ借りて――」

「ビィイイイ！」

「……私も行くよ」

触るな、とばかりにスモモが雪生を威嚇する。さすがにこの状態のスモモを雪生に託《たく》すのは気が引けた。

「それに、家の周りにはさっきの車がいるかもしれないし。スパイが誰かわかれば、伊織さんにかけられた嫌疑《けんぎ》も晴れるでしょ」

「見つかったらまずいことになるぞ？」

「もうすでに、だいぶまずいことになってるって」

たとえここを逃れても、スパイ疑惑が晴れなければ雪生はもちろん、揚羽は延々と狙われ続けることになるだろう。自宅にこもっていれば安全ではあるが、それでは大学に通えなくなってしまう。だったら危ない橋でもわたらなければ。

「わかった。藤岡は絶対に俺がまも――」

「ビィイイイイ！」

雪生の台詞を遮るようにして、スモモが叫ぶ。そして、私が守るよ、とでも言うかのように、手のひらのうえで飛び跳ねた。

「ありがとう、スモモちゃん。よし、江崎君。行こう」

「あ、うん……。そうだな」

心なしか落ち込んだ様子の雪生は、生気のない返事をしながらヘルメットを被った。揚羽もスモモをリュックに移動させ、ヘルメットを装着《そうちゃく》する。バイクのうしろに跨がり、揚羽は心のなかで、「どうか誘拐犯たちに見つかりませんように」と祈った。


雪生の自宅は大学からバイクで十分の距離にあった。

揚羽が伊織と暮らす星野家も敷地を入れてかなりの広さがあったが、江崎家はそれ以上の敷地面積で、そこで暮らす住人の規模も段違いだった。

雪生いわく、「何人暮らしてるかなんて数えたことないけど……お手伝いさんや舎《しゃ》弟《てい》も入れれば、百人くらい？」らしい。それでも兄弟の大半は社会人になって家をでたようで、昔よりは人も少なくなったと雪生は説明してくれた。しかも、その全員が人外らしい。人間は雪生たった一人なのだという。

母屋《おもや》を囲むようにしていくつかの建物が並ぶ様子は、江戸時代の武家屋敷を彷彿《ほうふつ》とさせる。また、建物自体が年代物の日本家屋であることも、そう思わせる要因の一つだろう。以前、野薔薇が「あいつの家は名家なうえにお金持ちだから、けっこう有名でさ」と言っていたが、想像していた名家のレベルが段違いだった、と庭の隅にある植木の陰《かげ》に身を隠していた揚羽は顔を引き攣《つ》らせた。

「――藤岡。そのままこっちに来てくれ」

偵察《ていさつ》にでていた雪生に手招きされ、揚羽は上半身を屈《かが》めた状態で移動した。人気のない裏門から侵入し――スモモが鍵を開けてくれた――、住人の往来に気をつけながら地下牢があるという土蔵《どぞう》の近くまで辿《たど》り着く。建物の陰から顔をだせば、五十メートルほどさきにそれらしい年代物の蔵があった。

「いつもより人が少ないかも」

「江崎君を捜しに、外にでてるのかもしれないね」

「だったら、いまがチャンスだな。様子を見てくるから、ここで待っていてくれ」

「気をつけてね」

雪生を見送り、揚羽は建物の陰に隠れた。こういうときは小柄でよかったと心の底から思う。手のひらのうえでは、スモモがぷるんぷるんとゼリーのように体を震わせて遊んでいる。それを眺《なが》めながら、揚羽は「伊織さん、いまごろ心配してるだろうな……」とつぶやいた。

昼の連絡がなければ、伊織は揚羽を捜すだろう。だからこそ、スマートフォンを落としてしまったのは痛かった。大丈夫だから、と言った数日後に、本当に誘拐されかかってしまうなんて。雪生が助けてくれなければ、揚羽は本当に誘拐されていただろう。

いま思えば、大学で揚羽を呼びとめた男子学生も怪しかった。知っている教授の名前をだされたからうっかり引っかかってしまったが、よく考えれば、用事があるからといってわざわざ登山部の部室に呼びだすわけがない。敷地のはずれにある部室棟まで行くよりも、自身の研究室のほうが近いのだから。

大学の敷地内だから大丈夫と楽観視していた自分を怒りたい。

「……ん？」

不意に複数の足音が聞こえた。

揚羽はぎくりと体を強張《こわば》らせる。

足音はじょじょに近づき、話し声も聞こえはじめた。

揚羽が隠れている場所は建物の裏手側で、わざわざ回り込まなければならない位置にある。だから大丈夫、きっと素通りしてくれるはず、と自分に言い聞かせる。

しかし、その足音がぴたりと止んだ。

「おい、どうしたんだ？」

「なんか変わった匂いがしないか？」

「匂い？　なんもしないけど」

「そりゃ、おまえは河童《かっぱ》だからな。狐の俺は鼻が利くんだ。いつもと違う匂いがするな……」

「おいおい、このあと仕事なんだからほどほどにしろよ」

「ああ。ちょっとこのあたりを見回るだけだ」

揚羽は慌てて周囲を見回した。

どこかに隠れられそうな場所は、と探すが、数本の木々が植えられているだけで身を隠せそうな茂みの一つもない。また、建物に入ってやりすごそうにも、なかに人がいるかどうかわからない状態では、そこで誰かと鉢合《はちあ》わせしてしまう可能性もあった。

せめて雪生がいてくれたら、どこに逃げればいいのか指示してもらえたのに。

迷っているあいだにも、刻一刻と足音が近づいてくる。

見つかったら全速力で逃げるしかない、と揚羽が決意を固めたときだった。

ふわりと、目のまえに白衣が降ってきた。

伊織さん、とつぶやきそうになって、揚羽は慌てて片手で口を覆《おお》う。

にっこりと微笑んだ伊織は揚羽を背後に庇うと、こちらを覗《のぞ》き込《こ》んできた男の首筋に向かって、すばやく注射針を刺した。

「あう？」

カッと目を見開いた男は、すぐに力を失ってその場に崩れ落ちる。伊織は男の頭を優しく支え、その場に横たわらせた。

「おーい、なにか見つけたかー？」

返答がないため、もう一人の男もこちらへとやってくる。伊織はまた同じように注射針を刺し、瞬時のうちに相手の意識を刈《か》り取った。

「これで大丈夫です。危なかったですね」

「いや、いやいやいやいや、ちっとも大丈夫じゃないよね？　この人たちになにしたの？」

「とてもよく眠れる薬を注射しただけです。後遺症もなにもありません。むしろ起きたときは、とてもすがすがしい気分になりますよ」

「……それって合法な薬？」

「もちろんです」

さすがの伊織も毒を注入することはないだろう。伊織いわく、とてもよく眠れる薬を注射された二人は、地面に横になりながらとても気持ちよさそうに眠り込んでいる。呼吸も安定しているし、顔色も正常だ。

「でも、伊織さん、よく私がここにいるってわかったね？」

「スモモさんのお陰ですよ。また迷子《まいご》になったら困るので、松次郎さんと相談し、スモモさんにはGPSを持っていただくことにしたんです」

「うん？　どこにGPSが？」

するとスモモが、体をもぞもぞさせると、揚羽の手のひらに三センチほどの四角い機械を吐きだした。

「盗難《とうなん》防止のために車に設置するタイプのものです。スライムの体内からでも電波を発信できるかどうか不安でしたが、大丈夫なようですね。位置情報も正確でした」

スモモがリュックに入っていてくれて本当に助かった、と揚羽は安堵の胸をなでおろした。そんな揚羽に、伊織は優しく微笑む。

「揚羽さん用にも、GPSを内蔵したペンダントを特注していますからつけてくださいね」

「え、ええー……」

ペンダントはうれしいが、発信器つきというのは複雑だ。しかし、今回のことを思えば——二度とこんな目には遭いたくはないが——断るのも気が引ける。

「……大事にします」

「外出するときは、かならずつけてくださいね。今日は本当に心配したんですから」

伊織の笑みが翳《かげ》る。

スモモのGPSでどこにいるかは把握していたかもしれないが、揚羽の無事を確認するまでは気が気ではなかったのかもしれない。

「うん。助けに来てくれて、ありがとう」

伊織の腰に抱きつけば、優しい手つきで頭をなでられる。

ふわふわした気持ちで伊織の手を堪能《たんのう》していると、ようやく戻って来た雪生が悲鳴に似た叫び声をあげた。

「ちょ、なんで藤岡！　そいつ誰だよ！」

「江崎君、声が大きい。見つかっちゃうでしょ」

人差し指を口元にあてて、しー、とジェスチャーすれば、雪生も慌てて口を閉じた。

そして、警戒《けいかい》するようにあたりを見回し、地面で眠っている二人に気づきぎょっとする。また雪生が口を開くまえに、揚羽が説明した。

「眠ってるだけだから大丈夫。それより、こっちは星野伊織さん。私の許嫁。助けに来てくれたんだって」

「はじめまして。揚羽さんの許嫁の星野です」

心持ち、許嫁の部分を強調するように伊織は告げる。それに雪生は顔を引き攣らせながら、「……どうも。藤岡の友人の江崎です」と応じた。

「江崎君は、誘拐されそうになった私を助けてくれたんだよ」

「それはありがとうございました。ですが、なぜ揚羽さんたちはここに？」

「えーと、話せば長くなると言いますか……」

「できるだけ簡潔に、でも、大事なところは省くことなく説明していただけますか？」

正直に話すと怒られそうな気もするが、さすがに誤魔化《ごまか》すこともできない。

しかたなく揚羽は、ここに来るまでの経緯《けいい》を説明した。すべてを聞き終えた伊織は、大きな溜息をつく。

「――揚羽さん。まずは身の安全を優先してください」

「うっ……はい」

「それから、私にかけられた嫌疑は私が晴らします。揚羽さんが危ない橋をわたる必要はないんですよ」

積み重なる正論に、揚羽は黙って頷くしかなかった。雪生やスモモがいるからとはいえ、敵地に乗り込むというかなり危険な行為を冒している自覚はあった。

「そこまで言う必要はないだろ。藤岡がここまでついてきたのだって、あんたのためなんだから」

なぜか急に不機嫌《ふきげん》になってしまった雪生は、「それをネチネチとさ。細かすぎるんじゃねぇの？」と言って伊織を睨《にら》みつける。まるで喧嘩を売るような態度に、さすがの揚羽も慌てた。

「……私としたことが。もうしわけありません、揚羽さん。少し気が立っていたようです。あなたに当たってしまいました」

「別に気にしてないから。それに私も悪かったのは事実です。はい」

無事だったからいいではないか、というのは結果論である。江崎家に侵入する際に捕まっていた可能性だってあるのだ。揚羽を人質に取られたら、さすがの伊織も手も足もだせなくなってしまう。楽観視しすぎていたかもしれない、と揚羽はあらためて反省した。

「さて。では、地下牢に急ぎましょう」

「え、帰るんじゃないの？」

「せっかくここまで来たのですから、貴重な情報は得るべきです。それに話を伺って、少し気になる部分がありました」

「……三人だと、見つかるリスクが大きいんだけど」

不満げに意見する雪生に、伊織はにっこりと笑って白衣の内側を開いて見せた。そこには複数の注射器がずらりと並んでいる。

「後遺症もなにもない、安心安全の鎮静剤です。さすがに大勢はむりですが、一人二人程度なら、なんとでもなりますよ」

笑顔で言うようなことじゃないんだけどなぁ、と揚羽は晴れあがった青空を見あげながら、溜息をついたのだった。

幸いなことに、土蔵までは誰にも会わずに辿り着くことができた。

年代物の土蔵の扉には、いまの時代には不似合いな鉄製の大きな錠前がかけられている。「スモモさん、お願いします」と伊織が言うと、「ピィ」と返事をして、スモモが鍵穴にするりと入り込む。

するとすぐに、ガチャンと錠のはずれる音がした。

「……すげぇな。これが一匹いれば、泥棒《どろぼう》し放題だろ」

「ビィイイイ！」

「え、なんで怒るんだよ」

「スライムは人間の言葉を理解できますし、倫理観も備わっています。泥棒が悪いことだと思ったのでしょうね。それにスモモさんには名前がありますから、これなどと言わないであげてください」

伊織の指摘《してき》にムッとした雪生だったが、スモモには素直《すなお》に謝った。

「ごめんな、スモモ」

それにスモモは、錠前のうえに乗ったまま体を震わせてみせる。なんと言っているのかは松次郎の通訳がないとわからないが、「許すけど、次はないからね！」とでも言っているのかもしれない。

「誰も来ないよな？」

雪生は確認するように辺りを見回し、鍵が開いた錠前をはずした。それは草むらに隠し、土蔵の扉を開ける。一歩、なかに入ってカビ臭い独特の匂いに揚羽は顔を顰《しか》めた。ずっといたいとは思えない匂いだ。

「けっこう暗いね」

「いま明かりをつける」

壁際《かべぎわ》のスイッチを入れると、明かりのなかに室内の様子がぼんやりと浮かびあがる。なにもない異様《いよう》な空間のなか、視線《しせん》を床に落とすとそこには階段が地下に向かってのびていた。階段の踏み板が極端に狭く、角度もかなり急だ。

「これ、誰かが来たら袋《ふくろ》の鼠《ねずみ》だよね」

「ああ。あんまり時間はかけられないな」

「江崎君はここに入ったことある？」

「……昔、一度だけ。四番目の兄貴と喧嘩して、祖父ちゃんが大事にしてた掛け軸を破ったんだ。それで罰《ばつ》として、兄貴と二人っきりでここに一晩、入れられた記憶《きおく》がある。あんまり覚えてないけど。だから四番目の兄貴はここが大嫌いなんだ」

雪生はそう言いながら、階段を半分ほど降りた。そして、周囲を確認して、「よし、やっぱり見張りはいないみたいだ」とこちらに向かって手を振ってみせる。雪生がしたまで降りたことを確認し、揚羽も恐る恐るそれに続いた。伊織は最後で、「なかなか趣《おもむき》のある場所ですね」と言いながら階段のうえの梁《はり》を眺めている。

地下ということで、もっと薄暗く狭いイメージがあったが、思っていたよりもだいぶ暖かい。天井も高く、階段を降りて真っ直ぐにのびる通路も広かった。ただ通路の床は地面のままで、ところどころデコボコとして足を取られそうになる。それは壁や天井も同じで、大昔に手作業で造ったような跡が随所《ずいしょ》に見られた。

明かりは通路の天井に取りつけられた一本の蛍光灯《けいこうとう》のみ。そのせいで周囲は薄暗《うすぐら》く、ジメジメとした雰囲気《ふんいき》を漂《ただよ》わせている。牢屋は通路の右手側に三ヶ所。時代劇にでてくるような木製の格子《こうし》が嵌められていた。

なかには明かりがなく、通路側からでは奥《おく》まで見通すことができない。

「檜山《ひやま》、それに内島《うちじま》。いるか？」

雪生が控《ひか》え目に呼びかけると、奥のほうからガタン、ゴトンと音がして、一番目と三番目の牢屋から人が顔を覗かせた。

双方ともに年齢は二十代後半くらい。手前の牢に入っている男性は、大柄で太り気味。奥の牢に入っている男性は、痩せ型で糸のような吊《つ》り目が特徴的だった。服装は黒のスーツだが、どちらもヨレヨレで見るからに汚《よご》れが目立っていた。薄暗いせいもあるだろうが、顔は土気色《つちけいろ》で心なしか頬もげっそりと痩せこけているように見える。お世辞《せじ》にも健康状態は良好とは言えそうにない。

「……坊《ぼっ》ちゃん。……雪生坊ちゃんだ。どうしてこんなところに。檜山、俺、夢でも見てんのかな？」

「安心しろ。俺も同じ夢を見てるから」

どうやら、太り気味の男性が内島で、痩せ型の男性が檜山という名前らしい。二人して白昼夢《はくちゅうむ》を見ていると勘違いしているようだ。

「俺は本物だ。監視されてたけど、逃げてきた」

「なんで大人しくしてないんですか！　そんなことしたら、雪生坊ちゃんが犯人扱いされてしまいますよ！」

格子に食らいつかんばかりの勢いで、内島が叫ぶ。檜山もそれに同意するように何度も頷いていた。

「それは、事情があったんだ」

「監視員は誰です？　瑞原《みずはら》ですか？　それとも絹川《きぬかわ》？　あいつら坊ちゃんには甘いから」

「いまはそんなこと、どうでもいいだろ！」

「関係おおありですよ。古参《こさん》のなかには、いまだに坊ちゃんを快く思っていない奴らがいるんですから。ここぞとばかりに坊ちゃんを追いだそうとするはずです。いまからでも遅くはありませんから、部屋に戻ってください！」

体格のいい内島が格子を感情にまかせて揺《ゆ》らすものだから、地下牢全体が地震が起きたかのように大きく揺れる。

「……あの、ところで坊ちゃん。こちらの可愛らしいお子さんと、白衣の先生はどなたで？」

格子越しに檜山の視線が雪生から一歩、離れた場所に立つ揚羽に向けられる。

お子さん、と言われて一瞬ムッとした揚羽だったが、可愛らしいと言ってくれたので相殺《そうさい》することにした。

「藤岡揚羽です。江崎君とは大学の同級生で、いまは……協力者の立場にいます」

「それは失礼しました。まさか坊ちゃんと同い年……え、本当に同い年ですか？」

「正真正銘《しょうめい》、同い年です」

「あ、もしかして、人魚の血を引いてらっしゃる」

「正真正銘、人間です！」

するとそこで、内島が「ぼ、ぼぼ坊ちゃん、人間を連れてきたんですかぁ！」と裏返ったような声をあげる。それに揚羽は頭を抱えたくなった。

「私は星野伊織ともうします。揚羽さんの許嫁で、江崎君とは今日知りあったばかりの赤の他人です」

「許嫁って、こんな小さいお嬢さんと……あ、いや、坊ちゃんと同い年なら、そうでもないのか……？」

「私はもう十九歳なので、結婚できる年齢ですから」

溜息をついて、揚羽は雪生を振り返った。

「江崎君。ここは強引に話を進めよう」

「俺もそれがいいと思う。よし、おまえら。正直に話してくれ。どっちが鬼頭組のスパイなんだ？」

その質問を口にした途端、さきほどまでうるさかった地下牢に沈黙《ちんもく》が落ちた。檜山も内島も口を縫《ぬ》いつけられたかのように黙りこくってしまう。

「俺もおまえたちのどちらかが裏切ってるなんて思いたくない。なにか理由があるんじゃないか？　大事な人を人質に取られて脅《おど》されたとか、弱みを握られたとか。なあ、なんとか言ってくれよ！」

雪生の悲痛な声が地下牢に響きわたる。

しかし、二人は唇《くちびる》を引き結んだまま、一言も喋《しゃべ》ろうとはしない。やはり片方がもう片方を庇っているのだろうか、と揚羽は二人を見比べた。

「そう言えば、江崎君。どうやって容疑者が三人にまで絞り込まれたの？」

「……会議があったって言っただろ。うちの会社の重役たちを集めた会議だった。そこで配られた資料の情報が鬼頭組に流れたんだけど、たまたま会議がはじまる直前に、その資料が差し替えになったんだ。鬼頭組に流れたのは、差し替えするまえの情報だった。だから被害はなかったんだけど、その差し替えまえの資料を読むことができたのは、会議の準備をしていた俺たち三人だけだったんだ。ちなみに俺たちは会議には出席していなかったから、資料が差し替えられたことも知らなかった」

「資料を作った人物は——差し替えを作った人と同じだったら、除外できちゃうね」

　そして、除外されたということは、同一人物が資料を作成したのだということが推《すい》測《そく》される。その場合、鬼頭組に情報を流すのであれば、差し替えあとのものを流しただろう。

「差し替えまえの資料はどんな状況で置いてあったの？」

「会議室のテーブルにそのまま置いてあった。資料を作成したのは二番目の兄貴で、それほど重要な内容じゃなかったから、別にいいだろうって思ったらしい。実際、情報の流出があるまえは、みんなけっこうルーズだったから、その感覚が抜けてなかったのかも。せめて見張りの一人くらい、置いといてくれたらよかったのにさ」

　身内での結束力が固く、まさか情報が流出するなんて考えてもみなかったのかもしれない。雪生は腕組みしながら、当時のことを思いだすような口調で続けた。

「時間にして、三十分くらいか。俺たちは会議室をでたり入ったりしていたから、数分間、部屋で一人になることもあった。その隙に読もうと思えば読めただろうな。枚数も少なかったし」

「ほかに誰かが出入りした形跡は？」

「ない。会議がおこなわれたのは、一番目の兄貴が経営してる会社のビルだったけど、スパイを警戒してたからそのフロア自体を関係者以外立ち入り禁止にしてたんだ。念のため、フロアの入り口のドアには鍵がかかってたし、その鍵は副社長さんが持ってた。その人も兄貴とずっと一緒にいたから、アリバイはある」

「なるほど……」

これは確かに、雪生たちが怪しまれて当然のシチュエーションだ。鬼頭組のスパイも、まさかこんなかたちで自分の犯行が露見《ろけん》することになろうとは、思ってもみなかったに違いない。

「――引っかかりますね」

黙って説明を聞いていた伊織が、不意に口を開いた。

「尋問は一人ずつおこなわれたのですか？」

「そりゃ、そうだよ。そこで洗いざらい、当日の行動を訊かれたんだ」

「それで、檜山さんと内島さんは、そろって黙秘した」

雪生が伊織に訝《いぶか》しげな眼差《まなざ》しを向ける。いったいどこがおかしいというのだろうか、といった困惑《こんわく》の表情だ。揚羽も意味がわからず、首を捻った。

「無実の方が相手を庇って黙秘するのはわかります。ですが、本当のスパイまで黙秘する必要があるのでしょうか。否定もせず、ただ黙秘するだけでは、自分を怪しんでくださいと言っているようなものではありませんか。普通《ふつう》ならば、自分はやってません。無実です、と否定しますよね？」

「確かに」

　三人が一緒の部屋で尋問を受けたのであれば、まえの人物にならって自分も黙秘したという可能性はある。しかし、尋問は一人ずつ別々でおこなわれたという。二人は一体、なんのために黙秘しているのだろう。

「それにもう一つ。なぜ黙秘したのか、疑問に思いませんか？」

「相手を庇ってるから？」

「黙秘をする意味がありますか？　三人ともにアリバイはなし。全員が自分は無実だと言えば、それ以上は確固たる証拠《しょうこ》でもでない限り、容疑者を絞り込めません」

「じゃあ、なんで……」

　こいつらは黙秘してるんだ、と雪生は揚羽の台詞を続けるようにつぶやいた。二人はそれぞれの牢屋で気まずげに俯《うつむ》き、なぜか顔をあげようとはしない。

「逆に、なぜ黙秘しなければならなかったのかを考えてみましょう。二人にはどうしても黙秘しなければならない理由があった。江崎君が言っていましたよね。当日の行動を訊かれた、と。私はそれこそが原因だったのではないかと思っています」

「素直に話しても、問題があるようには思えないけど……」

「そうですね。本当にアリバイがなかったら、おそらく黙秘する必要はなかった。もしかしたら、お二人にはアリバイがあったのではないでしょうか？」

揚羽はぎょっとして檜山と内島を見た。二人は未だに沈黙を続けている。一方、伊織の推理に雪生は信じられないものでも見るかのように、二人を呆然《ぼうぜん》と見つめていた。

「鬼頭組のスパイについて、お二人も警戒していた。だから疑われないために、つねに二人で行動していたとしてもおかしくはありません。しかし、それが思わぬ副産物を生んでしまった。自分たちが白だと知られてしまったら、疑いの眼差しは江崎君に向けられます。当然ですよね。容疑者である可能性は彼だけなのですから。だからお二人は江崎君を庇うことにした。そこで問題になるのが、当日の行動です。口裏をあわせる余裕《よゆう》があればよかったのでしょうが、お二人はすぐに離れ離れにされ、一人ずつ尋問を受けることになってしまった。適当なことを言って、証言の辻褄《つじつま》があわないという事態を避けたかったのでしょう。それが、二人ともに黙秘という結果に繋がった。あくまでも私の推論ですが」

どうでしょう、と伊織は微笑む。

まっさきに反応したのは、雪生だった。

「おまえら、そうなのか？　本当は二人で行動してて、アリバイがあったのか？」

「ぼ、坊ちゃん……」

「ダメだ、内島。なにも喋るな」

「檜山も。俺がスパイだと思って、それで……」

「違います！」

内島が大きな声で否定した。

「坊ちゃんが裏切るはずありません。それは俺たちがよく知っています。でも、未だに坊ちゃんが人間であることを快く思っていない奴らが、ここぞとばかりに騒《さわ》ぎだすのは目に見えていました。だから俺たちは黙秘して、時間を稼《かせ》ぐしかなかったんです」

「時間を稼ぐ……？」

「はい。千秋《ちあき》さんが坊ちゃんの無実を晴らすために、真犯人を捜しています」

「秋兄《あきにい》が」

もしかして、そのとばっちりがこっちにきたのでは、と揚羽は伊織に目で合図した。それに伊織も、「でしょうね」と小声で頷く。新参者《しんざんもの》である伊織が鬼頭組のスパイ、というのが江崎組にとっても最良の結果だった。

しかし、伊織は鬼頭組のスパイではない。

どれほど調べたところで、証拠はでてこなかった。だから揚羽を攫うという暴挙《ぼうきょ》にでたのだろう。

「庭にあった腕も、やっぱり江崎組の仕業《しわざ》だったのかな？」

揚羽は小声で伊織に話しかけた。身を屈めた伊織は、それになんとも言えない表情を浮かべる。

「ええと、それなんですが、実は……」

「おまえらは俺のことなんていいから、正直に証言してくれ。いまのままじゃ、江崎組を追いだされるぞ！」

伊織の声を遮るように、雪生が叫ぶ。確かに、黙秘という非協力的な態度を取り続けていれば、いずれその可能性もでてくるだろう。

「俺はそのあいだ、どこかに身を隠してるから」

「むりです。きっと見つかって、すぐに連れ戻されてしまいますよ」

「俺たちのことは心配しないでください。覚悟《かくご》はできているつもりです」

檜山と内島は決意を滲《にじ》ませた表情で頷く。双方ともに譲《ゆず》らない言い争いに、「やれやれ……」と溜息をついた伊織が一度、大きく両手を打ち鳴らした。

「そこまで、です。一つ提案なのですが、さしつかえなければ江崎君は我が家で匿《かくま》いましょう。どのみち無断で抜けだしているのですから、戻るよりはこのまま身を隠してしまったほうがいい。そのあとで、お二方は本当のことを証言してください。もちろんなんらかの罰は受けるでしょうが、さすがに追放という事態は回避されるでしょう——このあたりが落としどころではありませんか？」

　檜山と内島は沈黙した。

　問題は彼らにとって、伊織が信用に値するかどうかというところだろう。もしも伊織が鬼頭組のスパイだったとすれば、雪生の身が危ない。さきに口を開いたのは、檜山だった。

「わかりました。坊ちゃんを匿ってください。ただ、一つだけお願いがあります。我々《われわれ》も同行させていただけないでしょうか？」

「さすがに牢屋からの脱獄《だつごく》は、たとえ無実だったとしても追放されかねませんよ？」

「坊ちゃんの無実が晴れれば、多少の罰ですみます。むしろ護衛もつけずに坊ちゃんをあなたに預けたとなれば、そちらのほうを叱責《しっせき》されてしまいます」

「なるほど。それも一理ありますね。ただし、大勢での移動はリスクを伴《ともな》いますので
……お二方は狸狐ですか？」

「はい。私が狐で、内島が狸です」

「ならば本来の姿になってください」

　スモモが牢の鍵を開けると、二人はポン、ポンと音を立てて変身した。どこからど

う見ても、普通の狐と狸である。無人となった牢には、二人が着ていたスーツが落ちていた。動物に変身した途端、可愛さが増すのは反則だ。キュンとする胸を押さえ、揚羽はあることを提案する。

「二人ともそんなに大きくないから、私のリュックに入らないかな。今日は教科書も少ないし、けっこうスペースが空《あ》いてるんだよね」

江崎家の敷地をでたあと、住宅地を狸と狐が歩いていたら目立ってしまうだろう。雪生にはヘルメットを被ってもらえば、顔を見られる心配はない。

「名案ですね。リュックはあとで私が新しいものを買いましょう」

「洗えばよくない？」

「いけません。お二方とも、どんな細菌《さいきん》を持っているかわかりませんから。それに我が家で暮らすのであれば、どちらも狂犬病の予防接種を受けていただきます。私はペットドクターの資格も持っていますから、ご安心を」

動物の姿になってしまったせいで喋れない二人は、互いに抱きあって体を恐怖に震わせる。思わず写真に撮ってしまいたくなる可愛さだ。

「んー、ちょっときつめかも」

もともと大きめのリュックだが、二匹も入れればパンパンである。リュックの口部分からは、しまいきれなかった二匹の頭部がちょこんとはみでていた。それはそれで愛らしい。

「俺が持つよ――って、重っ！　たぶん半分以上は内島だな。おまえ、ちょっとはダイエットしろよ」

ぶつぶつと文句を言いながら、雪生はリュックを背負った。そのまま階段をのぼり、地下牢をあとにする。よほど重量があるのか、それだけで雪生は息も絶え絶えだ。土蔵の扉を少しだけ開けて、外の様子を窺《うかが》っていた伊織が戻って来た。

「まずいことになりました。どうやら、囲まれています」

「侵入がバレたってこと？」

「ええ。悠長にお喋りしすぎたかもしれません」

雪生の顔は真っ青だ。リュックに詰め込まれた二人も、キャンキャンと必死に何事かを叫んでいる。この姿では人間の言葉を話すことはできないらしい。

「伊織さん、どうしよう」

「大丈夫。万が一に備え手はすでに打ってあります。まずは先方の主張を伺いましょう。揚羽さんは私のうしろにいてくださいね。ああ、それとこれをわたしておきます。片手で合図をしたらつけてください」

「耳栓《みみせん》？」

揚羽と雪生にわたされたのは、耳栓だった。伊織はリュックに入っている檜山たちを見て、「まあ、あなた方はいらないでしょう」と一人で頷く。

「では、まいりましょうか」

危機的状況にもかかわらず、揚羽は不思議と不安は感じなかった。伊織が大丈夫というのだから、きっと大丈夫。そんな安心感がある。

扉を開けると、目に痛いくらいの太陽光に一瞬、視界が真っ白になった。

顔のうえに手を翳《かざ》して、恐る恐る瞼《まぶた》を開く。

そこには土蔵を囲むようにして、ずらりとスーツ姿の男たちが立っていた。全員が険しい表情でこちらを睨んでいる。その中心にいるのは、揚羽を誘拐しようとした須賀野という男だ。

「――雪生坊ちゃん。わがままも大概《たいがい》にしていただけませんか？　あなたの無謀《むぼう》な行動は、親父さんや兄さん方の迷惑になるんですよ」

咎《とが》めるような声音に、雪生は唇を噛んで俯いた。その須賀野の視線が、雪生から外れ揚羽と伊織のあいだで止まる。

「まあ、でも、ターゲットを誘き寄せることができた。そこは褒《ほ》めなければなりませんね」

「どうやら、あなたには揚羽さんがお世話になったようで。個人的にも、ぜひあとでお礼をさせてくださいね。ちょうど実験台がほしいと思っていたところだったんです」

「……マッドサイエンティスト崩れが。親父に気に入られたからといって調子に乗るなよ。すぐにその化けの皮をはいでやる」

須賀野の言葉に周囲の部下たちも一斉に気色《けしき》ばむ。すると、伊織は揚羽を見ずに、自らの耳を指差した。合図だ。揚羽はすぐに耳栓を取りだす。雪生もそれに気づいたようで、同じように耳栓をつけた。

完全に耳栓をつけるまえに、伊織の言葉が滑《すべ》り込んできた。

「では、トゥーリさん。お願いします」

「はーい。心を込めて歌うわ」

懐《なつ》かしいトゥーリの声は、耳栓をつけたことで聞こえなくなる。いったいどこに、と視線を巡《めぐ》らせると、トゥーリは土蔵の屋根に座っていた。そのとなりには喜助の姿もある。

真っ白なニットのワンピース姿のトゥーリは、両手を羽のように広げて大きく口を開けた。

歌うってどういうこと、と揚羽が首を捻ったとき。

土蔵を囲んでいた男たちが、なぜか幸せそうな顔で、一人、また一人と地面に倒れ込む。

須賀野は必死に耳を押さえてなにかを叫んでいるが、そこにするすると近づいた伊織が、首筋目がけて注射針を刺す。両手が塞がっている須賀野はろくな抵抗もできずに、伊織によって優しげな手つきで地面に寝かされてしまった。

男たちが全滅したあと、伊織は揚羽に向かって耳を指差す。

耳栓を取ると、土蔵の屋根からトゥーリと喜助が降りてきた。

「久しぶりね、揚羽。私の歌はどうだったかしら」

「耳栓してるから、聞こえるわけねぇだろ」

そういう喜助もしっかりと耳栓をしていたようで、はずしたそれをズボンのポケットにしまい込む。赤いジャンパーのまえをあわせ、「あー、寒かった」と体を震わせた。

「人魚の歌には催眠《さいみん》効果があるんです」

「ふふふ。気持ちよーく眠ってるところを、襲うのよ」

「とても美しい歌声でしたよ」

「でも、伊織先生には効かないのよねぇ」

地面に倒れている男たちは、確かに気持ちよさそうに眠っている。なかには変身が解け、狐や狸の姿になっている者までいた。

「念のため、喜助さんに頼んでおいて正解でした」

「約束通り、ディアナちゃんの好物を教えてくれるんだろうな」

「ええ、もちろんです」

「ちょっと待って。トゥーリも喜助さんもいまは江崎組の傘下に入ってるんだよね？　それなのに、こんな勝手なことをして大丈夫なの？」

伊織に協力したことで、のちのちまずい立場に追いやられる可能性もある。すると喜助が、「その心配はねぇよ」と言った。

「そもそも今回のこれは、そいつの三番目の兄貴の暴走だからな。親父は伊織先生がスパイじゃないことを知ってる。バレたらヤバいのは、俺じゃなくてこいつらのほうさ」

「私は伊織先生に恩を返せるなら、敵対したっていいけど」

あっけらかんと告げるトゥーリに、伊織は苦笑する。二人に身の危険がないということがわかり、揚羽は安堵の胸をなでおろした。

「では、予定通り帰りましょうか」

「――待て」

行く手を遮ったのは、二十代後半の白いスーツを着た男性だった。背は高く体は痩せ型で、大きく切れ長の目が印象的である。右目の目尻《めじり》にある泣きぼくろが、男性ながらに色気を添《そ》えていた。丁寧《ていねい》にセットされた髪のお陰で、派手《はで》なスーツもどこか気品があるように見えるから不思議だ。

その背後には三人。見るからに屈強な男たちがつき従っている。

「秋兄！」

雪生が驚いたように声をあげた。ということは、彼が三番目の兄、江崎千秋なのだろう。

「まだなにか？」

「あなたへの無礼の数々は、あとで組から詫《わ》びを入れさせてもらう。だが、雪生を連れて行くことは許可できない」

「おや。私への嫌疑は晴れましたか」

「……残念《ざんねん》なことに、証拠は見つからなかった。だからいまは見逃そう」

カチンとくる言いかたである。揚羽はムッとして、千秋を睨みつけた。伊織は気にせずに言葉を続ける。

「ですが、江崎君——雪生君の嫌疑が晴れていない状態で、そちらにおわたしすることはできません」

「嫌疑、ね。……残念なことに、雪生が鬼頭側のスパイであるという証拠がでてきた」

え、と雪生が嗄《かす》れたような声でつぶやく。

「おまえのスマホの通話記録を調べたところ、見知らぬ番号がでてきた。発信場所はとなり街――鬼頭組の縄張りだ」

「俺はそんなことしてない！」

「だが、確固たる事実だ。発信時間は深夜。おまえには昔から、護身のために就寝《しゅうしん》の際は部屋に鍵をかけるように徹底《てってい》させていたはずだ。何者かが忍び込み、おまえの携帯を使用することは考えられない」

「だ、誰かが遠隔操作で、俺の携帯を使った可能性は……」

「むろん、それも調べた。しかし、ハッキングされた形跡は見つからなかった」

千秋は感情の読めない、淡々《たんたん》とした声で告げる。

客観的に見れば、怪しいのは雪生だ。

重要な情報を得られる立場にいて、そのスマートフォンからは不審な通話記録も見つかった。しかし、それならば、わざわざ自分の身を危険に晒《さら》してまで、揚羽を助けにくる必要があっただろうか。

演技ではなく、雪生は本当になにも知らないように見える。

「雪生はスパイだ。こちらにわたしてもらおう」

「違う。俺は絶対にみんなを裏切ったりしてない。なんで信じてくれないんだよ、秋兄」

「話はあとで聞こう」

突き放すような態度に、雪生の目から涙が零《こぼ》れた。

それを目にした揚羽は、我慢《がまん》できずに叫んだ。

「どうして、江崎君を信じてあげないの。一緒に育った兄弟でしょう？　江崎君を一番近くで見てきたんじゃない。大切な人たちを裏切るような人間かどうか、そばにいればわかるはず。ほかの誰が江崎君を疑っても、兄であるあなたが最後まで信じなくてどうするのよ！」

「……そうだな。俺は確かに雪生の兄だ。だが同時に、俺には江崎組に対する責任がある。雪生がスパイである証拠がでてきた以上、そこに兄弟の情を持ち込むことは許されない。さっさとそいつを置いて、貴様らは去れ！」

奥歯を食い縛り、込みあげてくるなにかを堪《こら》えるような形相で千秋は言った。もしかして、証拠がでてきて一番ショックを受けているのは、彼なのかもしれないと揚羽は思った。

感情を押し殺し、江崎組のためだと血を吐くような思いで弟を糾弾《きゅうだん》した。

でも、だったらなおさら、無実である雪生を千秋にわたすわけにはいかなかった。

「――雪生君。一つ質問です」

緊迫のなか、伊織が唐突に喋りだした。名前を呼ばれた雪生は、一瞬、ビクッと肩を揺らす。

「会議の準備中、あなたは自分のスマートフォンを携帯していましたか？　また、その場合はどこに置いていましたか？」

「スマホならスーツの胸ポケットに入れてたけど……あ、でも、椅子を運ぶときは落とすとまずいから、資料脇のテーブルに置いといたっけ」

「それを放置したまま、部屋の外にでたことは？」

「あった、と思う」

「そのあいだ室内は無人でしたか？」

「別の場所で、三人で休憩《きゅうけい》したことがあったから、たぶん」

「なるほど。では、スマートフォンをお借りしますね」

雪生の了承を得るまえに、伊織はジャケットの胸ポケットから勝手にスマートフォンを取りだした。妖精のチャームが、チャリっと音をたてて揺れる。

伊織は妖精を突《つっ》いてみるが、当然のごとく反応はない。しかし、目の錯覚《さっかく》か、なぜかその表情が強張っているように揚羽には見えた。

「力を込めすぎて潰してしまっては、意味がありませんし……ああ、スモモさん。お手伝いしていただけませんか？」

「ピィ？」

伊織は肩に乗っていたスモモを手のひらに招いた。そして、その頭上に妖精のチャームを翳す。

「どうぞ、食べていいですよ」

「ピィ！」

ありがとう、というように一声鳴いて、スモモはチャームに向かって飛びかかった。その瞬間、妖精が悲鳴をあげて体を反らす。

「ごめんなさい！　僕がスパイです！　だから食べないで！」

誰もが唖然《あぜん》とするなか、伊織の落ち着いた声が響く。

「ヨーロッパでは昔から用いられた古典的な手法ですね。もっとも妖精の多い地域では、すぐに見つかってしまうので好まれてはいませんが。スパイ用の妖精退治にはスライムを飼っておくと便利ですよ。彼らはすぐに妖精を見つけてくれますから」

もしかして、雪生が話しかける度にスモモが鳴いていたのは、「妖精を持って近づくな！」と威嚇していたのかもしれない。

「急展開すぎてついていけないんだけど、そいつが鬼頭組に情報を流してたってこと？」

「ええ。おそらく雪生君が眠った深夜や不在《ふざい》時に、得た情報をこっそりスマートフォンから送っていたのでしょう。暗証番号程度でしたら、見て覚えられますし、指紋認証機能が普及してきたのは最近の機種になってからです。一昔前のものにはついていません」

スモモは本気で食べる気はないようで、妖精が悲鳴をあげるのを面白がってじゃれついている。しかし、妖精にしてみれば死活問題だ。

「僕はイギリス生まれで、コンテナに紛れて日本に来ちゃったんです！　ひぃ！　それでイギリスに帰りたかったんですがっ、どうやって帰ればいいかわからなくてっ、そんなところを鬼頭組の方に助けてっ、いただいてっ、江崎組の情報を流せばイギリス行きの船を探してやるって言われたんです！　ひぃ！　やだっ、舐《な》めないで！」

「ところで雪生君は、これをどこで？」

「どこって、藤岡からお土産《みやげ》だって言われてもらったんだけど……」

「え、私あげてないよ！」

突然の飛び火に、揚羽は必死に首を横に振った。ここでまた嫌疑をかけられてはたまらない。それに慌てて雪生が補足する。

「直接じゃなくて、登山部の先輩にわたされたんだ。江崎にわたしてくれって頼まれたからって」

「あのときのお土産のお礼！」

登山部の部室への差し入れのことだと思っていたが、どうやらそうではなかったらしい。揚羽はそのことを話し、誤解を解いた。雪生は両手で顔を覆い、世界中の不幸を一身に背負ったかのような溜息をつく。

「嘘《うそ》だろ。藤岡からのお土産だと思って、大事にしてたのに……」

「おそらく、その生徒はすでに退学しているでしょうね。もともと雪生君が目的で近づいたのかもしれません。この妖精を尋問すれば、ある程度の情報は得られるでしょう」

「ひぃい！　尋問いやぁ！」

「これがリスクの高い仕事だと知っていて引き受けたのでしょう？　ならば、どんな処罰もあまんじて受け入れるべきです」

妖精は下半身をスモモに取り込まれた状態で、ひぃひぃと泣いていた。それだけを見ると気の毒なようにも思うが、そのせいで雪生が犯人扱いされたのだ。伊織の言う通り、罪は償《つぐな》わなければならない。

「これで、雪生君の嫌疑は晴れましたか？」

呆然《ぼうぜん》としていた千秋は、ハッと我に返って憎々しげな眼差しを伊織に向ける。

「……それくらい、こちらで調べればわかったことだ。恩を売ったと思うなよ、気色悪い死体風情《ふぜい》が」

その暴言に、揚羽の視界は怒りで真っ赤《まか》に染まった。

取り消せ、と言いたい。

でも、怒りのあまりうまく言葉がでてこなかった。

なぜ、どうして――どうして、そんな酷いことを言うの。

息がうまくできない。

それくらい、揚羽は憤《いきどお》っていた。

「はいはい、そこまでですよ」

杖《つえ》をつきながらあらわれたのは、揚羽よりも小柄な老女だった。上品な着物で身を包み、丁寧になでつけられた真っ白な髪には、鼈甲《べっこう》の簪《かんざし》が挿《さ》してある。

彼女は足音を感じさせないような優雅な動きで千秋のとなりに立つと、ひょいと飛びあがり頭をつかんだ。そして、それをめり込ませる勢いで地面に叩《たた》きつける。ゴッ、と鈍《にぶ》い音が響いて、千秋の頭部が半分ほど地面に沈んだ。

手は千秋の頭を押さえたまま、老女はその場に膝《ひざ》をつき、深々と頭をさげた。

「この度は、孫《まご》が大変ご迷惑をおかけしました。さきほどの許されない暴言もあわせ、江崎組、先代組長の妻である江崎小夜《さよ》が心よりお詫びもうしあげます」

「あなたに謝罪していただく必要はありませんが、しかたありませんね。受け取っておきましょう」

「本当にもうしわけありません。まさかこの子がここまで暴走するなんて。大方、弟のことで責任を感じていたのでしょう。この子は昔から、雪生にだけは大甘でしたから。まったく、それで伊織先生を怒らせて敵方につかせるようなことになったら、おまえはどう責任を取るつもりだったんだい」

ぺしぺし、と小夜は千秋の後頭部を叩くが、ぴくりとも反応はない。地面にはじわりと真っ赤な血が滲んだ。

「ば、祖母ちゃん……」

「雪生、お前も災難だったねぇ。まさか恋心を利用されて、スパイを懐《ふところ》に抱え込むことになったなんて。でも、それは一言、そちらのお嬢さんに確認すればよかったことだよ。また一から危機管理能力を学ぶんだね」

「ちょっと祖母ちゃん、止めてよ!」

雪生が顔を真っ赤にして抗議《こうぎ》する。それに揚羽はなんとも言えない視線を向けた。

「あの、うすうすだけど、気づいてた。でも、その、私には伊織さんがいるから……ごめんなさい」

いくら鈍い揚羽でも、雪生の真っ直ぐすぎる言動になんとなく、もしかしたら、好意を持たれているのかも、と思う場面が何度かあった。さすがに告白されていないのに断るのはどうかと思ったが、きっぱりと言っておくことも大事である。

「……うん、それは俺も知ってたし」

雪生はがっくりと肩を落とし、乾いた笑みを浮かべた。

「ところで祖母ちゃんは、星野さんと知りあいなのか？」

「私はたまにお祖父さんを連れて海外旅行に行ってたでしょ。あれはフィンランドにいる伊織先生を訪ねてたの。お祖父さんは重度のヘルニアで、それを治療してくださったのが伊織先生よ。お陰であの人は、死ぬ直前まで大好きな旅行を楽しめたわ」

「小夜さんには地下の診療所を建設するにあたって、専門の業者を紹介していただいたりと色々と骨を折《お》っていただいたんです」

「伊織先生が鬼頭組のスパイだったら、もっと重大な情報が流れてますよ」

「あの、祖母ちゃん。それ以上やると、秋兄が死んじゃうんじゃ」

会話しているあいだも、小夜は千秋の頭を地面にめり込ませ続けている。じわりじわりと面積を広げる鮮血《せんけつ》に、雪生が顔を真っ青にして祖母を止めた。

「ちょっとくらい血を抜いて頭を冷やしたほうがいいのよ、この子は」

「え、大丈夫？　これ、頭蓋骨《ずがいこつ》割れてない？」

千秋が連れていた男たちも、さすがにオロオロと小夜の周りを動き回っている。しかし、さすがに先代組長の妻を制止することもできずに、心配そうな眼差しを千秋に投げかけるだけだった。

「では、私たちはこれでおいとまさせていただきます」

「ええ。あとはお任せください」

小夜の目が笑っていないので、千秋はこのあとさらなる地獄《じごく》を見る羽目になるだろう。伊織は雪生の妖精つきスマートフォンを、うろうろしていた千秋の部下にわたすと、揚羽のリュックから、トゥーリの歌声を聞いて気絶している二匹を取りだした。

そして、彼らを地面に横たえると揚羽の手を取る。

「喜助さんとトゥーリさんは、さきに屋敷に戻っていてください」

「俺、お義父《とう》さんに追い返されたりしない？」

「リチャードには、今回ばかりはもてなすように言っておきますよ」

「ヒャッホー！　待っててね、ディアナちゃん！」

大義名分を得た喜助は、満面の笑みを浮かべて走りだした。そのあとを、「さきに行ってるわねー」と言ってトゥーリが続く。

揚羽は伊織に手を引かれるまま、歩きだした。

途中《とちゅう》、江崎組の者たちの姿が見えたが、小夜の命令が行き届いているのだろう。見つめられはしたが、妨害されるようなことはなかった。

裏口ではなく正門を通って、そとにでる。

伊織の車は、なぜか堂々と江崎家の来客用駐車場《ちゅうしゃじょう》に停めてあった。それがおかしくて、揚羽は小さく笑う。

「――大丈夫ですか、揚羽さん」

足を止め、心配そうにこちらを窺う伊織を、揚羽はぼんやりと見あげる。目が熱いな、と思ったら、気づけば涙が零れていた。

「揚羽さん？」

「あいつ、伊織さんに酷いことを言った……殴《なぐ》ってやればよかった」

誰もいない駐車場で、揚羽は伊織の腰にしがみついた。大きく息を吐いて、激情を逃がす。でも、すぐにまた行き場のない怒りが込みあげてきて、揚羽は奥歯を嚙みしめた。

「それは止めてください。揚羽さんの手が傷ついてしまいますよ。私は気にしていませんから」

「私は嫌。絶対に嫌」

伊織が気にしなくても、だ。

揚羽の頭をなでる伊織の手は優しい。なぜか切なくなって、揚羽は腰に回した腕に力を込めた。

「……ありがとうございます、揚羽さん」

「なんでお礼なんて言うの」

「私の代わりに怒ってくれて。私はもう、自分がなにを言われようと、怒りを覚えるようなことはありませんから」

それを揚羽は、哀《かな》しいと思った。

哀しい。

伊織はどれほど長い時間を、一人で生きてきたのだろう。

どうして自分は、伊織がまだ怒りを覚えていたときに、そばにいられなかったのだろう。彼に寄り添えなかったのだろう。

それだけが、ただ、ただ、哀しかった。


星野家に戻ると、リチャードとディアナが飲み物の準備をして待っていてくれた。トゥーリは出勤の時間だということで、揚羽たちが戻るまえに帰ってしまったらしい。大義名分を得た喜助はソファーにふんぞり返り、満面の笑みでディアナに話しかけている。それを横目で見つめるリチャードの顔は、傍目には穏やかだが、こめかみに浮いた血管が、ぴくぴくと痙攣《けいれん》するように動いている。内心では腸《はらわた》が煮《に》えくり返っているに違いない。

「揚羽様、ご無事ですか！」

リビングに入ると、まっさきにディアナが向かってきた。真剣《しんけん》な眼差しで全身をくまなくチェックする。

「大丈夫だよ。心配かけてごめんね」

「よかった……」

伊織と並んでソファーに座って、揚羽はディアナからわたされた紅茶を飲んだ。今日は甘めのロイヤルミルクティーである。その温かさに、揚羽は安堵の息をついた。今日は色々ありすぎて疲れてしまった。

「あ、そういえば、伊織さん。あの腕について、なにか言いかけてなかった？」

「実は、解決といっていいのかわかりませんが、持ち主とそれを置いた犯人が発覚しました。まずあの腕は——私の腕でした」

「んん？」

言われた言葉が理解できず、揚羽は首を傾《かし》げた。

「じつは一目見たときから、薄々は気づいていたのですがいまいち確証が持てず。ここに引っ越してきたばかりの時に、スペア用の腕を一本、盗《ぬす》まれる事件がありました。そのときはまだセキュリティが未完成でして。警察に届けるわけにもいかず、あきらめていたのです」

「で、でも、どうしてそれが庭に？　まさか犯人が返しに来たとか？」

「さすがにそれはありませんよ」

と言って、伊織はソファーにふんぞり返ってケーキを食べていた喜助を見た。その視線に気づいた喜助は、紅茶を飲み干してから口を開く。

「あの腕を置いたのは、俺だ。ディアナちゃんへのプレゼントだったんだよ」

「え、ちょっと猟奇的《りょうきてき》すぎて、意味わかんない」

「ディアナちゃんは吸血鬼だろ。だから好物は人間の血だ。折りよく冷凍庫《れいとうこ》に腕があったから、玄関先に置いといたんだよ。本当は直接、わたしたかったんだが、お義父さんが——」

「私は貴様の父親になった覚えはない」

即座に否定するリチャードを一瞥し、喜助は肩をすくめて見せた。

「こんな調子だろ？　だから、メッセージカードを添えて置いといたんだ」

「……そんなのなかったよ。あ、もしかしたら、カラスが破いたのかも」

「はぁ？　カラス避《よ》けに、手下を一匹置いといたんだぞ！」

「猫もいなかったし。天気がよかったから、寝てたのかもね……」

マジか、と言って喜助は頭を抱えた。それに揚羽も頭を抱えたくなった。まさか腕を遺棄した犯人が、こんな身近にいただなんて。

「それで、喜助さん。聞きそびれてしまいましたが、あなたはどうやって私の腕を手に入れたのでしょうか？」

「あー、手に入れたって言うか、客が置いてったんだよ。新聞紙に包まれてたからなんだろうと思って開けたら、切断された腕でさ。でも、たまにそうやって、依頼料《いらい》の代わりやお礼に、体の一部なんかの現物を置いてく奴がいるんだ。生え替わった牙《きば》とか、鱗《うろこ》とか。さすがに腕を置いてった奴ははじめてだけど。まあ、もらえるものはもらっておく主義だから、なにかに使えるかと思って冷凍庫に放り込んでおいたんだよ。それが今年の八月くらいか？」

　そして、喜助はそれをディアナのプレゼントに再利用したというわけである。普通、依頼料の代わりに腕をもらったら大問題だが、人外を相手に何でも屋をやっている喜助にとっては、それほど驚くようなことでもないらしい。

　八月と言えば、揚羽も引っ越してきたばかりで、ちょうどバタバタしていた時期である。

「その依頼人の名前や背格好は覚えていますか？」

「あー、たぶん偽名だな。住所もでたらめだったし。身長は高めで、体格は普通。顔はサングラスとマスクで隠してたからわかんねぇ」

「依頼の内容は？」

「普通なら守秘義務なんだけどなぁ、今回は俺様もちょっと嫌な考えにぶちあたったから、素直に答えるぜ。〝星野伊織〟にかんする情報の収集、だ」

突然、でてきた伊織の名前に、揚羽は身を乗りだし気味に訊《たず》ねた。

「それって、本当に調べて教えちゃったの？」

「依頼だからな。でも、俺が調べられる範囲だから、知られてまずい情報なんかはわたしてないぞ。そもそもここはセキュリティがガッチガチだから、なんの情報も手に入らねぇの。ああ、でも、評判のいい医者だって言っといたぜ」

「どうもありがとうございます。ですが、喜助さんは嵌められかけたようですね」

「やっぱ、そうかー」

面白くなさそうに、喜助は髪の毛をぐしゃぐしゃと掻《か》き回した。揚羽は意味がわからず、伊織に視線を向ける。

「嵌められたって、なに？」

「盗まれた私の腕が、喜助さんの事務所の冷凍庫から発見された場合、揚羽さんはどう思いますか？」

「……喜助さんが盗んだ」

喜助のことをよく知らない状態で、その情報だけを得たら、揚羽はまっさきに彼の犯行を疑うだろう。「俺はそんなもの盗まねぇよ！」と抗議の声があがっても、やはり喜助のことを知らなかったら、彼が怪しいと思うだろう。

「そうですね。それは喜助さんが腕を処分したとしても、おなじです。私はずっと盗まれた腕の行方を探していましたから。喜助さんのことを知らなければ、揚羽さんと同じように彼の犯行を疑ったかもしれません。おそらくは、それが犯人の狙いだったのでしょう」

「どういうこと？」

「喜助さんのバックには江崎組がついています。縄張りで揉《も》め事《ごと》があれば、まず彼らがでてくるでしょうね。当然、彼らは喜助さんの味方ですから、私と対立することになります。私と江崎組が仲違《なかたが》いして得をするのは、誰でしょうね？」

「もしかして、鬼頭組？」

「正解です。江崎組と対立する彼らは、これ以上、敵に力をつけられたくはありません。私は自分で言うのもあれですが、腕のいい医者ですから。患者さんのなかには、小夜さんのように影響力のある方もいらっしゃいます。そんな私が江崎組の傘下に入ったら、鬼頭組としては面白くありませんよね」

「だから、腕を盗んでその罪を喜助さんに着せようとしたんだ」

　しかし、鬼頭組側にも予想外のことがおきた。トゥーリのことがきっかけで、伊織は喜助と友好関係――リチャードは否定したいだろうが――を結んでしまったのだ。さらに喜助はその腕を、ディアナへのプレゼントにしてしまった。わざわざ盗んだものを、その家に返しにいく泥棒はいない。

「ええ。そして、今回のスパイ疑惑も、もしかしたら、その一環《いっかん》かもしれません。雪生君がもし、揚羽さんを助けてくれなければ――その結果、あなたが傷を負ってしまったら、私は絶対に江崎組を許さなかったでしょう」

伊織はうっそりと微笑む。

視界の端で、なぜか喜助が体を丸めて震えていた。「俺、絶対に伊織先生には逆らわない。いま決めた」とつぶやいている。

「もしもそんなとき、鬼頭組から声がかかったら、協力者として手を組んでしまっていたかもしれませんね。私の人脈だけでは、江崎組を壊滅に追い込むのは時間がかかりますから」

「じょ、冗談《じょうだん》だよね？」

「揚羽さんがそう言うのなら、冗談だということにしておきましょう」

「あは、あははははは」

しかし、ずいぶんと手の込んだ罠《わな》である。

半年以上もまえに伊織の腕を盗むところからはじめ、それを喜助にわたし、江崎組との不和の材料とする。そして、同時に、雪生にも接触し、揚羽の方面からも伊織と江崎組を対立させようとした。喜助、それに雪生のイレギュラーな行動がなかったら、本当に鬼頭組の計画通りになっていたかもしれない。

すると、震えていた喜助が急に立ちあがった。

「思いだした！　いい加減、ディアナちゃんの好物を教えろ、じゃない。ください、お願いします！」

「本人がいるのですから、直接、訊いたらどうですか？」

「ディアナちゃん。好きな食べ物はなんですか？」

俊敏《しゅんびん》な動きで壁際に立っていたディアナに近づくと、喜助はその手をそっと握りしめた。これはリチャードも荒ぶっているだろうな、と恐る恐る様子を窺うと、なぜか娘に巨大《きょだい》な虫が近づいているにもかかわらず、顔色を変える様子はない。いや、喜助を睨みつけてはいるのだが、その表情にはどこか嘲《あざけ》りが含まれているように見えた。

「もしかして、喜助様。買っていただけるのですか？」

「もちろん！」

「で、では、松阪牛《まつさかうし》がほしいです」

「……ああ、うん。牛の血が好きなんだな。ブランド牛だけど、血なら」

「いいえ、生きたままください。一頭でいいんです。旦那様は一頭くらいなら庭で飼ってもいいとおっしゃってくださったので。庭で飼育すれば、定期的においしい血が飲めます」

ディアナはキラキラと濁りのない眼差しを喜助に向ける。松阪牛を生きたまま一頭となると、いったいどのくらいの金額がかかるのだろう。だからリチャードは意地の悪い笑みを浮かべていたのか、と揚羽は納得した。

「できれば、出産経験のない若い雌牛《めうし》で」

「じ、時間がかかる、かも。だから俺じゃなくて――」

「喜助様、ありがとうございます。とても楽しみです」

「待っててくれ。絶対に手に入れてみせるから！」

真っ赤な顔でそう叫ぶと、喜助は脱兎《だっと》のごとく帰って行った。喜助が松阪牛を手に入れるのは、いったいいつになることやら、と揚羽はミルクティーを飲みながら嘆息《たんそく》する。

「ところで揚羽さん。お疲れのところもうしわけありませんが、このあとお時間をいただけますか？　見せておきたいものがあります」

「いいけど……」

なんだろう、と揚羽は首を捻った。


夜半になって、揚羽が連れてこられたのは伊織の寝室《しんしつ》だった。

「……私、さすがにまだ心の準備ができてないんですけど」

あいかわらずベッド以外になにもない部屋の中央に立ち、揚羽はネグリジェの裾《すそ》を握りしめた。伊織からプレゼントされたサテン生地のネグリジェである。着心地がよくて気に入っている一着だ。カラーも桜色と可愛らしい。

「どうかしましたか？」

「な、なんでもないよ、うん」

「では、こちらにどうぞ」

伊織が開けたのは、診療所ではなく研究室へと続くドアだった。もじもじとネグリジェの裾をいじっていた揚羽は、「ははっ、だと思ったー」と棒読みで乾いた笑みを浮かべる。しかし、研究室に案内されるのは、今回がはじめてのこと。緊張しながら、揚羽は伊織のあとに続いた。

螺旋《らせん》階段を一息に降り、頑丈《がんじょう》な鉄製の扉に暗証番号を入力する。扉が開いた瞬間、揚羽が感じたのは匂いだった。

鼻につんとくるような、消毒液の匂い。

それから、微《かす》かに残るなにかの腐臭《ふしゅう》。

一歩、足を踏み入れると、そこは真っ白な空間だった。

左右には円柱状の水槽《すいそう》が四個ずつ並んでいて、うち半分に管《くだ》で繋がれた左右の手足が浮かんでいる。微かに鳴り響いているのは、おそらくモーター音だろう。

「ここは私の研究室です」

「もしかして、盗まれた腕って……」

「ええ。ここで培養《ばいよう》されたものです」

揚羽は水槽のそばに近づいて、それをしげしげと見あげた。肩下から切断された右腕が、透明な液体のなかで固定されている。たくさんの管は、血管や神経に繋がれているようだ。スペアがあるとは聞いていたが、まさかこんな形で造られているとは思ってもみなかった。

「私の細胞をもとに培養したものです。私はゾンビですから、どうしても肉体の腐敗が避けられません。ですから定期的に新しいものと交換《こうかん》しているんです。もちろん、手足だけでなく体中のあらゆる部分を、ですが」

「全部自分で?」

「はい。私は痛みを感じませんし、切断面をあわせただけで自然に修復がはじまります。一時間も固定しておけば、神経まで完璧《かんぺき》に繋がるのでさほど難しいことではありません」

揚羽は説明を聞きながら、足が培養されている水槽に移動した。はじめて見る伊織の太腿《ふともも》に、なぜか気恥《きは》ずかしさを感じてしまう。しかし、伊織さんの足は長いな、と自分の足と交互に見比べてみた。

「ねえ、揚羽さん」

「なに？」

「これを見て、怖《おそ》ろしくはありませんか」

振り返ると、伊織は感情のこもらない眼差しで揚羽を見つめていた。

「以前、揚羽さんは訊きましたよね。親はいないのか、と。確証はありませんが、おそらく私に親はいません。打ち捨てられた墓地。そこで私は生まれました。自分が何者であるか、教えてくれる者もおらず、亡者《もうじゃ》のようにさ迷う日々。ぐずぐずに腐《くさ》って、それでも生き続ける私は、どの土地でも受け入れてもらえなかった。途中で人外の治療を専門とする医師に拾われ、ようやく己がなんであるのかを知ったときは、どうしようもない絶望感に打ちひしがれました」

伊織は揚羽のとなりに立ち、水槽のガラスに手をついた。その表面に湾曲《わんきょく》した伊織の顔が映る。

「それでも、師から学んだ知識を生かすことで、こんな私でも好きになってもらえるかもしれない。そう思って病人や怪我人の治療をしても、返ってくるのは罵声《ばせい》だけ。感謝されたこともありましたが、誰もが私を見て怯えていました。そんなとき、私はあなたに会ったんです」

「え、私、伊織さんに会ってたの？」

「四歳くらいだったので、覚えていないのもむりはありません。数少ない友人だった、あなたのお祖父さんを訪ねたときのことです。私は包帯を巻いて隠していましたが、それでもだいぶ腐っていまして。匂いもきつかったように思います。誰もが忌避《きひ》する、そんな私の手をあなたは躊躇《ためら》わずに繋《つな》いでくれた」

四歳の頃、と揚羽は必死に記憶を手繰り寄せるが、まったくといっていいほど覚えがない。それに伊織は、くすりと笑い声を漏らした。

「そのとき、怒られたんですよ。〝ちゃんとお風呂に入りなさいって〟」

「ひぇ」

子供の頃の私は、なんてことを、と揚羽は頭を抱えたくなった。よりによって、伊織の一番触れてほしくない部分を、的確に撃ち抜いただなんて。

「驚きましたが、不思議とショックはありませんでした。それからあなたは、〝綺麗にしないと、友達ができないよ〟と言って、私を自宅の浴室に案内しようとしたんです。私は綺麗なほうがいいかと訊ねました。それにあなたは、〝綺麗なほうがいいけど、別にいまのままでも嫌いじゃないよ〟と言ってくれたんです。私はそれがうれしかった。だから私は、あなたの助言に従って、見た目を整えることにしました。腐った腕や足を綺麗にして、敏感な方のためにできるだけ腐臭も消して――その結果、見た目で怯えられることはなくなりました。こんなに心穏やかに暮らせるなんて、自分でも信じられないくらいでした。でも、私はあなたに会うのがとても怖かった」

伊織の手が、揚羽の頬に触れた。

冷たく、体温の感じられない手だ。

「子供の頃とは違います。あなたは成長して、現実を知った。もし、私の本当の正体を知ったら、拒否されるのではないか、と」

「もしかして、最初の頃、私を避けていたのは」

「……お恥ずかしながら。いずれすべてを話さなければと思っていたのですが」

「さっきの質問の答えだけど。私は伊織さんのことを、怖いと思ったことなんてないよ」

重ねるように、伊織の手に触れる。

昔の記憶はないけれど、やはりいまも忌避感はない。

それは培養されている手足を見ても同じだ。

「好き」

唇から自然と言葉が零れ落ちる。

「なんだったら、腐ったままの伊織さんだって、抱き締められるし、キスだってできる」

種族の違いとか、寿命の差とか、色々な問題はあるのかもしれない。

でも、と思う。

そばにいるだけで、うれしい。

会話をするだけで、楽しい。

あなたのことを思うだけで、こんなにも幸せになれる。

これを恋と言わずして、なんと呼べばいいのだろう。

「怖くなったら、その都度、私が否定してあげる。だから伊織さんが不安に思うことなんて、なにもないんだよ」

はじめて、伊織の表情が崩れた。

泣くことを精一杯、堪えているような顔だ。

我慢しなくていいのに、と揚羽は思った。

同時に、そんな顔をさせたのが自分だと思うと高揚する。うれしいという気持ちがせりあがってくる。そこまで伊織の感情を掻き乱せた――その原因が自分であるというだけで、幸福なことのように思えた。

「私がおばあちゃんになっても、ずっと好きでいるんだから。覚悟してね」

「はい」

「ね、伊織さん。私、キスしたい」

「……その」

「じゃあ、歯磨《みが》きしてきて。待ってるから」

断りの文句を封じ込めるように、揚羽は先手を打った。

「いえ、口周りの交換をしたのは、半年ほどまえです。新しいものができるまで――」

「うん、さすがにそれは待てないかな」

揚羽は背のびをして、伊織の顔を強引に引き寄せた。

本作品は書き下ろしです。
またこの物語はフィクションです。実在する人物、団体等とは一切関係ありません。

中公文庫

私《わたし》の彼《かれ》は腐《くさ》ってる

2020年5月25日　初版発行

著　者　九《く》条《じょう》 菜《な》月《つき》

発行者　松田 陽三

発行所　中央公論新社
〒100-8152　東京都千代田区大手町1-7-1
電話　販売 03-5299-1730　編集 03-5299-1890
URL http://www.chuko.co.jp/

DTP　ハンズ・ミケ
印　刷　三晃印刷
製　本　小泉製本

Published by CHUOKORON-SHINSHA, INC.
Printed in Japan　ISBN978-4-12-206879-7 C1193

九条菜月
ゆら心霊相談所
シリーズ好評発売中！
訳あり
シングルファーザー
×
視《み》えちゃ
男子高校生
！
霊感を持つ高校一年生の尊《みこと》は、なにやら訳ありのシングルファーザー・由良蒼一郎《ゆらそういちろう》が営む「ゆら心霊相談所」を手伝うことに。心霊事件に家事にとこき使われるが、蒼一郎の一人娘・珠子《たまこ》のためなら頑張れる!?　ほんわかホラーミステリー！
第1弾　消えた恩師とさまよう影
第2弾　キャンプ合宿と血染めの手形
第3弾　火の玉寺のファントム
第4弾　座敷わらしを連れ戻せ
第5弾　あの世から花束を
イラスト／鳥羽雨
中公

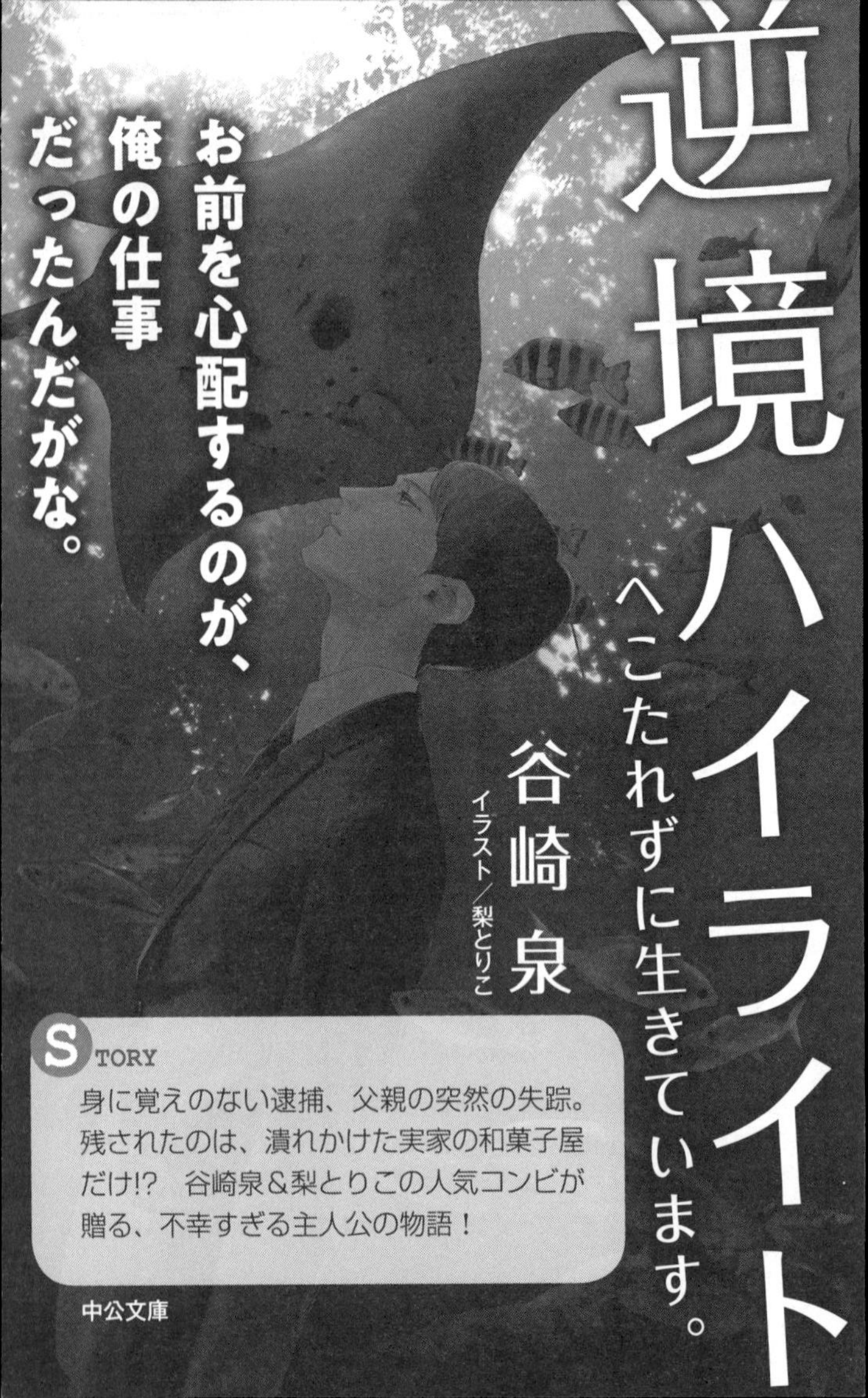
逆境ハイライト
へこたれずに生きています。
谷崎泉
イラスト／梨とりこ
お前を心配するのが、
俺の仕事
だったんだがな。
STORY
身に覚えのない逮捕、父親の突然の失踪。残されたのは、潰れかけた実家の和菓子屋だけ!?　谷崎泉＆梨とりこの人気コンビが贈る、不幸すぎる主人公の物語！
中公文庫